文豪と京の「庭」「桜」

海野泰男
Unno Yasuo

a pilot

目次

はじめに ——— 10

第一部　桜 ——— 15

第一章　平安神宮〈『細雪《ささめゆき》』の紅枝垂《しだれ》〉　谷崎潤一郎　川端康成 ——— 16

「京洛《きょうらく》の春を代表する花」／京都初体験の「朱雀《すざく》日記」／平安神宮への好感／平安神宮の創建／枝垂れ桜は何故出て来ない？／『細雪』の世界／どの桜樹が最高か？——川端などの文豪達の意見——／紅枝垂れ桜への愛着——『細雪』以後——／谷崎のエロスの文学

第二章　円山公園〈祇園《ぎおん》の夜桜〉　丸谷才一　九鬼周造 ——— 39

京都で最も有名な桜／「祇園をよぎる桜月夜」／今の桜は二代目——吉井勇の歌——／祇園に来たわけは廃仏毀釈／御霊信仰と桜／

『〈いき〉の構造』の著者 九鬼周造／民衆の桜／人間への祝福

第三章 常照皇寺〈九重桜〉 福永武彦 芝木好子 —— 60
名桜の寺／「愛と孤独」の作家——でも人気抜群の作家——／
もう一度見たい桜／「歴史という風景」の中の寺／
「自然という風景」の中の寺／
死をその胎内に孕《はら》む生——福永武彦の作品世界——／
恋愛小説の傑作『海市』／鋭い時空感覚の作品／芝木好子の九重桜

第二部 庭①——社寺 —— 81

第四章 下鴨《しもがも》神社〈京に着ける夕〉 夏目漱石 高浜虚子 —— 82
「京都ノ first impression 寒イ」／「ぜんざい」の赤提燈／
「加茂の森がわれわれの庭だ」／子規への思いと我が身／

人生の寒さ／時計の音とカラスの声／漱石にとっての〈夢〉／
高浜虚子の名文／「奇跡の一〇年」へ／漱石の偉大さ

第五章　青蓮院《しょうれんいん》〈楠の巨木〉　永井荷風　芥川龍之介――105
女子学生に最も人気のない文豪／
あのクスノキを初めて書いたのは荷風／
『西遊日誌抄』の日々／「新帰朝者」荷風の目／
日記『断腸亭日乗』の価値／川端康成のクスノキ／
芥川龍之介の青蓮院

第六章　竜安寺《りょうあんじ》〈石庭を読み解く〉　志賀直哉　井上靖　立原正秋――127
古代からの一等地／石庭公開は戦後／
志賀直哉の〈石庭論〉――自然界・人間界の比喩的象徴――／
志賀の芸術の見方／「強く確かに立っている」人／

井上靖の〈石庭論〉――庭の作者の内面と精神に注目――／
立原正秋の〈石庭論〉――禅僧の荒《すさ》び――／石庭以外も眺めよう

第三部　庭②――御所・離宮――149

第七章　紫宸殿《ししんでん》南庭〈京の一〇日間〉　森　鷗外――150
大正天皇のご大典に参列／御所の「門」と御苑の「御門」／
即位式の紫宸殿南庭――大隈首相の寿詞――／鷗外の中休みの過ごし方／
秘儀「大嘗祭」／鷗外と大逆事件／
神話と科学的歴史の折り合い／鷗外の仮面

第八章　仙洞御所〈「静寂」の庭〉　三島由紀夫――173
自衛隊突入の衝撃／「行動の時代」の「静」／
「本来の自然な静寂」の防衛／三島由紀夫の〈天皇〉／

「美しい老いた狂女」／三つの池の定義／観念と現実の融合／
終わらない庭――日本庭園の時間――／〈親しみ〉と〈いたましさ〉

第九章　修学院離宮〈帝王の庭〉　大佛《おさらぎ》次郎――193
〝鞍馬天狗の庭〟？／ハイライトは「浴龍池」／
修学院を歩く――「下の茶屋」と「中の茶屋」――／
「大刈り込み」が見えて来る／「上の茶屋」の眺望／往時の修学院／
後水尾帝の幕府への鬱憤《うつぷん》が作らせたのか？／「人を離れても生きている庭」／
日本人の自然観と美意識

第一〇章　桂離宮〈美の意匠〉　野上豊一郎　和辻哲郎　井上靖――213
日本の造形文化の最高峰――どんな美がしまわれているのか――／
二人の学者／古書院の障子の影／
本当に〈美〉のための「しかけ」だったのか／

〈美〉の秘密——後年の和辻哲郎——／
ブルーノ・タウトと日本人／桂離宮造営の歴史／
桂離宮の作者——八条宮智忠親王——／
井上靖の庭園作者のイメージ

主要引用作品・出典・底本一覧——234

はじめに

三〇歳前後のころ、東京の私立男子中・高の国語教師をしていた。いわゆる進学校で生徒は優秀。文学好きも何人かいたが、ほとんどがメーカーや商社などのサラリーマン、銀行員、医者、官僚、ジャーナリストなどまっとうな？仕事についている。教員になったのは極めて少なかった。可愛《かわい》かった少年達が、今は日本社会の働き盛りの五〇代である。

彼等の卒業同期会だったかクラス会だったか、あるとき今は開業医になっている男がこんなことを言った。

「このごろ何故か無性に本が読みたくなって、小説を読むんですよ。現代のものじゃあなくて、ヘルマン・ヘッセとか漱石とかいわゆる文豪のものですね。昔、読めなかったものとか、もう一度読んでみようと思うものとか――。舞台は今ではないのに、読むと何故か現代のことを考えてしまうのは不思議ですね。何よりも読み上げると達成感があって、少しくたびれて来た僕らの年代の人間には、いい愉《たの》しみだと思います」

このことばに私は感心した。老若男女を問わず、人間が本を読まなくなっているご時世に、なんと奇特なことだろうと思ったものである。しかし、彼と同じような思いや感じ方は、彼の周りの友人達にもあることがわかって来た。久しぶりにかわす会話に、年賀状に書き添えられる片言隻語に――。そしてよく考えてみると私の教え子達だけではなく、男女を問わずある程度の年齢や知的好奇心を持つ人達には、程度の差こそあれ、読書欲、文学や文豪への関心などが、潜在的には確かに存在するのだ。これは過去の日本の国語教育または文学教育の勝利と言ってよいかもしれない。

ただ実際の行動として踏み切るためには、相当のエネルギーを要する。面倒臭さに打ち勝ち、仕事や家事に使う時間の一部を割く余裕または勇気がいる。それを促進させるものは、適切な量と質の文章をまず読むことである。そのための〈足慣らし〉や〈道案内〉も必要だろう。この本はその役をいわば買って出たつもりである。

もう一つおせっかいにも果たしたいと思った役割がある。

ここ何十年来の傾向であるが、京都にあこがれる日本人は実に多い。女性の方が優勢かもしれないが、心ある?男性たちも行きたがる。今、京都を訪れる宿泊観光客は年間一三〇〇万人にのぼるという（京都観光総合調査）。京都の大学に入学し、一生京都で暮らしたいと思ったほどの、京都好きの私には〈昔の恋人〉の人気はうれしい。

しかし、昨今、現代の京都を紹介する書籍や雑誌を見て、がっかりすることが多い。あまりにグルメ案内、ショッピング案内の性格が強過ぎるのだ。彼女の生い立ちや容姿・性格の個性なども少しは書かれているが、多くはおざなりな記述でしかない。もっと知的に、あるいは詩的に、京都の魅力をアピールすることはできないものか——。ここは文豪の文章の力を借りるしかないと思ったのである。

文豪の京都に関するエッセイや、時に小説を、心掛けて集めていると、その名文にあらためて感嘆することがしばしばあった。その感性や論理に、その文章のいわば香気に、強く魅《ひ》かれた。既知の名刹《めいさつ》や庭園でも、これを読んだらもう一度行かないわけにはいかないと思ったものだ。文豪の文章には我々のイメージを喚起してやまない力、想像を行動に駆り立てる力がある。そして「誘惑される」というのは、「心地よい」一面があるものだ。

ここで本書の「文豪」という言葉について触れておきたい。本書は京都の名刹、庭園などについて文筆家が書いた文章を並べた一種のアンソロジー仕立てなのだが、その文筆家達の中には、文豪と呼ぶのはあまり似合わない、哲学者、学者、俳人、随筆家などもいる。文人、文士、作家などと呼ぶことも考えたが、どの呼び名を選んだとしても、すべての人をしっくりおさめることはできない。そこで、ここでは「文筆家達」の総称としていちばん迫力のある「文豪」という語を使うことにした。異論があるかもしれないが、ここでの「文豪」の語は、コンピューターやIT機器で言う「アイコン」（Icon）のようなものだと思っていただこうか（アイコンの定義は、辞書的に言えば、そこにおさめられている内容を包括して、一個の絵文字にして表示したもの、とでも言うことになろうか）。

アンソロジー仕立てだと言ったが、本書は、類書に多い、ただ文豪の文章を選んで来て並べるだけのものではない。文豪達のそれぞれのものの見方、感じ方は、その文章を読むだけでも無論伝わる。しかしその面白さをより充分に汲《く》み取るためには、整理や解説が必要である。私はこのある種の研究書を「教師」の眼で書いた。だからわかりやすく、平明に書くことを心掛けたつもりである。引用した作品だけでなく、その文豪の生涯の文業についての、評論家たちの定評とも言える見解や、興味深いエピソードも紹介した。それが奥深い〈文豪の森〉への入り口になるかもしれないからだ。

大学時代の恩師の一人、三好行雄先生のことばに今も印象に残っているものがある。それは、作家のエッセイや小品と言うと、小説作品に比して軽く見られがちだが、実はそれらには、作家の素顔、作家の素足の魅力がかえってあるというものだった。本書を書きながら、あらためてそれを実感した。最終的には長編小説を目指すべきだが、まずはエッセイを読むのもいいぞ、という恩師の教えである。

また本書のために広く渉猟したり、あらためて読み直した、私自身の読書の中で思ったことがある。それはノーベル文学賞などの世界的なものから、国内の数々の文学賞を含めて、その受賞作には「現代の文学の潮流」とでも言うべきものを窺《うかが》うことができる。しかしそれとは別に、京都には、日本的な文学的感性の宝庫が明らかにあるということである。我々日本人はこれを大事にした方がいい。文豪の京都は、我々に「文学」と「京都」の価値を、二つながら示してくれている。

第一部　桜

第一章　平安神宮〈『細雪《ささめゆき》』の紅枝垂《しだれ》〉

谷崎潤一郎　川端康成

「京洛《きょうらく》の春を代表する花」

谷崎潤一郎の『細雪』に、「彼女たちがいつも平安神宮行きを最後の日に残して置くのは、此の神苑の花が洛中に於ける最も美しい、最も見事な花であるからで、円山公園の枝垂《〔しだれ〕》桜が既に年老い、年々に色褪《〔あ〕》せて行く今日では、まことに此処の花を措《〔お〕》いて京洛の春を代表するものはないと云ってよい」という一節がある。「彼女たち」とは、『細雪』の主要な登場人物である蒔岡《まきおか》家の姉妹達で、春には毎年京の桜を訪ねて花見を楽しんだのである。『細雪』は、太平洋戦争勃発《ぼっぱつ》の翌年の昭和一七年に書き始められたが、このときから二〇年後、川端康成は『古都』（昭和三六年）の中で、双子のヒロインの一人千重子が恋人の真一とこの平安神宮の紅枝垂を見る場面を描き、その中に「まことに、ここの花をおいて、京洛の春を代表するものはないと言ってよい」という『細雪』のこの一節をそのまま引用している。谷崎の昭和一〇年代においても、川端の昭和三〇年代においても、この紅枝垂れ桜が京の春の女王であることに、〈美〉を描く双璧とも言える二人の文豪がいわば「お墨付き」を与えているのである。

そしてこの「お墨付き」は現代においても有効である。それは枝垂れ桜という桜は極めて長寿だからである。今日、日本の桜の八〇パーセントを占める染井吉野は、その寿命は五、六〇年と言われるのに対して、枝垂れ桜は条件がよければ何百年も生きるものがあり、福島県三春《みはる》の紅枝垂れ「滝桜」は樹齢一〇〇〇年とも言われている。後述のように平安神宮の紅枝垂れ桜の中には枯れるものも近年出ているが、マスとしては変わらず今後も華やかに古都の春を彩るに違いない。

京都初体験の「朱雀《すざく》日記」

『細雪』に有名な場面を書いただけでなく、後述のように、足しげく桜を見に来てそれを筆に留《とど》めている谷崎の平安神宮との関わりは、どのように始まったのであろうか。それは谷崎二五歳の明治四五年四月、生まれて初めて京都を訪れ、その印象を「朱雀日記」と題して『大阪毎日新聞』と『東京日日新聞』に発表したときに始まる。この初の京都旅行の一年半前に、彼は初期の代表作『刺青《しせい》』『麒麟《きりん》』を同人誌『新思潮』に発表、『三田文学』誌上で永井荷風《かふう》の激賞を受け、文壇的地位を確立したばかりであった。京都行きは新聞社が旅費を出し、代わりに京阪見物記を紙上に連載するという約束で行われたものであった。新聞社は、〝悪魔主義〟〝不良少年文学〟などと言われた、このデビューしたばかりの人気の若手作家に早速目をつけたのである。このへんは、一〇〇年前のマスコミも今のマスコミも変わらない。

何故谷崎はいち早く平安神宮に遭遇したのか、それを説明しておこう。このとき谷崎が京都に着いたのは、四月上旬の雨の午後であった。「宿を取るにも、見物するにも、一向勝手が分らない」彼は、大阪毎日の支局を目指す。「雨はいよ〳〵土砂降りになって、陰鬱な京の小路の家列《やなみ》に瀟々と濺《そそ》ぐ」、「渋のように燻《くす》んだ色の格子造りが軒を並べ、家の中は孰《いづ》れも真暗で、何百年の昔の匂が瓦や柱に沁み込んで居る。到る所に仏師の住居の見えるのも、私には珍しくなつかしかった」（「朱雀日記」以下同じ）と谷崎は書く。烏丸《からすま》通りを通ったと思われるが、当時の京都の様子が窺えて興味深い。電車路を拡《ひろ》げている四条通りを横切り、三条の御幸《ごこ》町角の新聞社（毎日）へ着く。

この日の宿は木屋町の旅館で、通された二階座敷の縁の外には加茂川《かもがわ》が流れ、対岸は宮川町の色里であった。夜になると、雨の中を太鼓、三味線、鼓の音が川に響いて、電燈の光がきらきらと水に輝く。彼は「静かで勉強が出来て、夜遅く帰ってもかまわぬような宿屋を周旋してくれろ」と手紙で注文してあったが、「勉強」はともかく「夜遊び」にはぴったりの宿であったようだ。以下、翌日のことである。

平安神宮への好感

昨日の雨がからりと上って、うらゝかな光が対岸の家々の甍《いらか》に輝き、加茂川の水が暖かそうに流れて居る。宿の二階に坐りながら、遠く東山を望むと、濃い霞の中に清水寺《きよみずでら》の朱塗の堂が見える。八坂《やさか》の塔も見える。

今日は「毎日」の東野さんに連れられて岡崎の上田敏先生を訪問する筈［はず］である。昼飯を食うと、まだ約束の時間にならないので、ぶらりと宿を跳び出し、独りぽか〳〵と四條の橋を渡る。……／「町を見物しながら、ぶら〳〵歩いて参りましょう」／と背のひょろ長い東野さんが、丸々と太った私と列《なら》んで、三條通りを東へ進む。……／途中、昔の大極殿《だいごくでん》を模した平安神社に参る。新しい丹塗《にぬり》の建築で、丁度歌舞伎の大道具を見るような感じはあるが、一概に俗悪の名を以て却《しりぞ》ける事は出来ない。古い神社仏閣の維持保存に努めると同時に私はこう云うReproductionも非常に興味深く思う。青々と晴れ渡った空の色が、鮮かな丹塗の柱と相映じ、翼の如く左右に伸びた廻廊の石甃《いしだゝみ》にうら〳〵と春の日の漂う美しさ。平安朝初期の、雄大鬼麗《かいれい》な内裏の俤《おもかげ》や、廟堂の有様が、まざ〳〵と眼の前に泛《うか》んで来るような心地がする。

平安朝の芸術を愛するよりも、平安朝の生活に憧れる人々に取って、此の建物は絶好の企てゞあろう。私は京都に滞在して居る間、何度も〳〵此処を訪れて、じッと石《いし》甃《だゝみ》に腰を据えつゝ遠い古《いにし》えを偲《しの》ぼうと思う。

京都へ来て二日目のこの日、谷崎は新聞社の人の案内で、上田敏を自宅に訪問することになっていた。上田敏は、カール・ブッセの「山のあなたの空遠く……」などの名訳で知られる訳詩集『海潮音』（明治三八年　本郷書院）で有名な文学者で、当時京都帝国大学教授であった。上田は永井荷風とともに谷崎の作品を最初に認めた人で、谷崎が来ているなら会いたいと上田の方から誘いがあった。上田の住んでいた岡崎広道入江は、平安神宮の社前の一帯にあったから、このとき時間つぶしの谷崎は、極めて自然に平安神宮に導かれたと言える。

この「朱雀日記」の一節を一読して感じるのは、谷崎の平安神宮への感想が好意的なことであろう。平安神宮（当初は「平安神社」）は、創建以来、その鮮やかな色彩や明瞭な形が、古都にそぐわない俗悪なものと批判された。

これに対して、谷崎はなぜ違った立場をとることができたのか。一つには、彼が関東の人間で、かつ二〇代の青年だったからだ。谷崎は東京日本橋の生まれで、卒業した学校（坂本小、府立一中、一高、東京帝大）もすべて東京であり、生活の地はずっと関東であった。（彼が関西人であったのは、大正一二年の関東大震災に箱根で遭い、直後関西に移住して以後である）。平安神宮の社殿を新奇で俗悪と感じる、地元的かつ保守的な感覚からは自由であったのだ。また潤一郎の美意識が、〈わび〉や〈さび〉のみに与《くみ》しない審美的、耽美《たんび》的傾向のものであったことも一因と思われる。谷崎は平安神宮が気にいったわけで、後の『細雪』の平安神宮の艶麗《えんれい》な場面は、書くべくして書かれたものと言えそうだ。

平安神宮の創建

そもそも平安神社はどのように創建されたのか。この神社は、明治二八年平安京遷都千百年祭に際して、京都市民全体の氏神として新たに構想されたものである。そこには明治二年の東京への遷都以後、政治的には勿論経済的、文化的にも地盤沈下が著しかった京都の起死回生を図るという意図があった。毎年一〇月二二日に行われる時代祭は、この新しい神社の祭礼である。華麗な社殿は平安京大内裏を約八分の五に縮小したもので、大鳥居の後ろの神門は応天門を、その奥の外拝殿は大極殿を模している。拝殿の左右には回廊が延び、蒼龍楼《そうりゆうろう》（東）と白虎楼（西）が配されている。総社域は約二万坪、背後に紅枝垂れ桜がある約一万坪の回遊式庭園「神苑《しんえん》」がある。

枝垂れ桜は何故出て来ない？

だが一つ、谷崎の平安神宮には不思議なことがある。この初めての平安神宮参拝は、四月の花の時節だったのに、枝垂れ桜は「朱雀日記」にどうして出て来ないのか。後に回想的に書かれた「青春物語」（昭和七年）にも枝垂れ桜の記憶は留められていない。まだ平安神宮に植えられていなかったのだろうか。

枝垂れ桜は、平安時代には糸桜と呼ばれ、エドヒガン系の桜の一つである。細い枝が下に垂れるところからの名だが、その原因は植物ホルモンの微妙なバランスの違いによるという。平安神宮のものは、有名な京の桜守によれば、関西に珍しいひときわ紅の濃い花弁の多い品種であるため、紅八重枝垂れ桜と言われて珍重された（『京の桜』佐野藤右衛門　平成五年　紫紅社）。

その来歴については、二つの説があるようだ。両説とも明治二八年、平安神宮創建のとき、当時の仙台市長遠藤庸治により仙台から七〇本の苗木を移植したものという点は同じである。そのためこの桜は、かつては陸奥《むつ》桜とか遠藤桜とも言われた。しかしもとをたどればこの仙台の桜は、京都のものであった。ここで二つの説に分かれる。『京の桜』の佐野説は、御所にあったものを伊達政宗《だてまさむね》が持ち帰ったもので、今も仙台の榴岡《つつじが》公園には、政宗の時代の老木が数本見られるそうだ。一方平安神宮の神官の方に直接聞いた話では、近衛殿（現御所の北辺の通りをはさんで北側）にあったものを津軽藩の藩主が持ち帰り、これが仙台に伝わったとされる。但《ただ》し津軽から仙台へのルートの詳細は不明という。

白虎楼から入る西・中神苑への創建時の移植は資料に確実だが、大正三年に作られた橋殿がある東神苑は不明である。しかし谷崎が来たこの時点で、西神苑と中神苑には桜はあったわけだが、その存在を多分知らなかったのであろう。

谷崎がこの紅枝垂れを見たのは、大正一二年関東大震災後に関西に引っ越して来てからではなかったか。そして頻繁に訪れるようになったのは、根津松子と結婚した昭和一〇年以後と思われる。

『細雪』の世界

さて、『細雪』に描かれた紅枝垂れの場面である。この小説は芦屋《あしや》に住む谷崎とその家族がモデルである。しかし、私小説とは違うので、このモデルは登場人物の枠だけを決めたものと考えてよい。周知のように、谷崎の夫人松子は実業家根津清太郎の夫人だった人で、離婚して谷崎と結婚したが、根津家が破産没落したので、谷崎が松子の子だけではなく、妹達をも引き取ったのである。

『細雪』の蒔岡家の四人姉妹は、本家を継ぐ長姉鶴子は除いて、次女幸子は松子夫人、三女雪子は妹重子、四女妙子は同じく信子が、また幸子の夫貞之助は谷崎自身、貞之助と幸子の子の悦子は松子夫人の連れ子の恵美子がモデルであった。谷崎家の花見は、谷崎、松子夫人、重子、信子、そして恵美子が行くのが通例で、昭和一五年、平安神宮で谷崎が撮った花見の写真が残っている。

『細雪』の花見の場面は次のように描かれる。（なお蛇足だが、実際の谷崎家の花見も『細雪』の花見も、長姉の朝子（鶴子）は、嫁に行った他家の人なので加わっていない。それが四人姉妹揃《そろ》ってのあでやかな花見としてイメージされているのは、『細雪』の映画化や舞台化の際の脚色やポスターのせいであろう）。

常例としては、土曜日の午後から出かけて、南禅寺の瓢亭《ひょうてい》で早めに夜食をしたゝめ、これも毎年欠《か》かしたことのない都踊を見物してから帰りに祇園の夜桜を見、その晩は麩屋町《ふやまち》の旅館に泊って、明くる日嵯峨から嵐山へ行き、中の島の掛茶屋あたりで持って来た弁当の折《おり》を開き、午後には市中に戻って来て、平安神宮の神苑の花を見る。……まさに春の日の暮れかゝろうとする、最も名残《なごり》の惜しまれる黄昏《たそがれ》の一時《ひとゝき》を選んで、半日の行楽にやゝ草臥《くたび》れた足を曳きずりながら、此の神苑の花の下をさまよう。そして、池の汀、橋の袂《たもと》、路の曲り角、廻廊の軒先、等にある殆《ほとん》ど一つ〳〵の桜樹の前に立ち止って歎息し、限りなき愛着の情を遣るのであるが、芦屋の家に帰ってからも、又あくる年の春が来るまで、その一年じゅう、いつでも眼をつぶればそれらの木々の花の色、枝の姿を、眼瞼《まぶた》の裡《うち》に描き得るのであった。

今年も幸子たちは、四月の中旬の土曜から日曜へかけて出かけた。／……午後になってから風が出て急にうすら寒くなり、厭離庵《おんりあん》の庵室を訪れた時分には、あの入口のところにある桜が姉妹たちの袂におびたゞしく散った。それからもう一度清涼寺の門前に出、釈迦堂前の停留所から愛宕電車で嵐山に戻り、三度渡月橋の北詰に来て一と休みした後、タキシーを拾って平安神宮に向った。

あの、神門を這入って大極殿を正面に見、西の廻廊から神苑に第一歩を踏み入れた所にある数株の紅枝垂、――海外にまでその美を謳《うた》われていると云う名木の桜が、今年はどんな風であろうか、もうおそくはないであろうかと気を揉《も》みながら、毎年廻廊の門をくゞる迄はあやしく胸をときめかすのであるが、今年も同じような思いで門をくゞった彼女達は、忽《たちま》ち夕空にひろがっている紅の雲を仰ぎ見ると、皆が一様に、

「あー」

と、感歎の声を放った。此の一瞬こそ、二日間の行事の頂点であり、此の一瞬の喜びこそ、去年の春が暮れて以来一年に亘って待ちつゞけていたものなのである。彼女たちは、あゝ、これでよかった、これで今年も此の花の満開に行き合わせたと思って、何がなしにほっとすると同時に、来年の春も亦《また》此の花を見られますようにと願うのであるが、幸子一人は、来年自分が再び此の花の下に立つ頃には、恐らく雪子はもう嫁に行っているのではあるまいか、花の盛りは廻って来るけれども、雪子の盛りは今年が最後ではあるまいかと思い、自分としては淋しいけれども、雪子のためには何卒《なにとぞ》そうであってくれますようにと願う。……今年も亦、こうして雪子を此の花の蔭に眺め

ていられることが不思議でならず、何となく雪子が傷《いた》ましくて、まともにその顔を見るに堪えない気がするのであった。

この場面は『細雪』の中でも最も読者に強い印象を与えるクライマックスであると言われる。満開の紅枝垂れ桜が数樹、夕方の光《かげ》に照り映えて、紅の雲かと見まがうばかりという情景に、読者は最高の美的感興をおぼえ、その〈美〉に陶酔する。その美的感興は、紅枝垂れ桜という種類の桜の、夕空を背景にした美しさに対するものだけではないであろう。この桜の美しさを見る登場人物達の、桜に寄せる心、桜を見に行くという行為など、いわば桜を見る見方にも読者は嘆息を禁じ得ないのである。それは、昭和一〇年代という時代の芦屋に住む、かつてはかなり羽振りのよかった蒔岡家という商家の姉妹達一家の話という形になっているが、実は日本の家族に、あるいは日本人の中に、共通していた伝統的な桜の見方なのであった。季節を待ち、花の盛りに行きあえるかどうか雨風につけて案じ、その桜の姿を永く記憶に留めようとする——、家族など親しい者達とともに見、毎年の行程がパターン化していく——、来年のこの桜の時季に自分や家族はどうなっているだろうかと感慨にふける――等々。

つまり読者は、桜を愛《め》でるという伝統的な日本の美学のエッセンスをここに感じ、これを強く印象に留めるのである。このことは、この平安神宮のシーンに限らず、『細雪』全体の本質にも関わる。

『細雪』は上巻が昭和一七年に書き始められ、一九年に限定二〇〇部が自家出版された。中巻は終戦まで書きためられ、二二年に刊行、下巻は戦後雑誌に掲載され、二三年に完結した。この経緯には、作品の内容が戦時下の読み物にあらずと、陸軍省報道部の忌諱《きい》にふれ、発表禁止となったという事実がある。「平安神宮の紅枝垂」の場面は上巻にあり、昭和一八年以前に描かれている。谷崎が『源氏物語』の現代語訳を昭和一六年に刊行した直後であり、『細雪』と『源氏物語』との間には密接な関連がある。四季の移ろいが物語の時間を動かして行き、絵巻物のように物語世界が展開して行くという様式、女性人物が中心的な役割を果たすという特徴は『源氏物語』に学んだものと言えるのである。

『細雪』が書かれた意味は、たといあの戦時下であろうと、日本文学の伝統を受け継ぐ物語世界が現代の作品として生かされ続けたということであろう。それは少なくとも一人の文豪の中には構想としても様式としても存在したのだ。そして読者たる敗戦後の日本人達に広く支持されたことは、この作品の蒔岡家の人々の人生観や生活様式、そして美意識が、まさに日本人のそれであったことを証明している。『細雪』が戦中に書かれた部分も含めて広く出版されたのは昭和二一年、二二年。数十万冊を売り尽くしたという。

その後の時の流れの中に、現代の読者は『細雪』をどう読むであろうか。想像は色々つくのであるが、ただ一つ確実に言えることは、桜の美しさを喜ぶ日本人の心は今も変わっていないだろうということである。

どの桜樹が最高か?——川端などの文豪達の意見——

谷崎の、ここの枝垂れ桜の描写をもう少し丁寧に見てみよう。特筆されているのは、「神門を這入って大極殿を正面に見、西の廻廊から神苑に第一歩を踏み入れた所にある数株の紅枝垂」である。谷崎は他の個々の桜樹を取り上げて特に何かを言うことはしていない。この数樹こそが最高のものであると見ていよう。

実は他の文豪達もそうなのだ。川端の『古都』には、以下のようにある。

千重子は神苑の入り口をはいるなり、咲き満ちた紅しだれ桜の花の色が、胸の底にまで咲き満ちて、「ああ、今年も京の春に会った。」と、立ちつくしてながめた。／……西の回廊の入り口に立つと、紅しだれ桜たちの花むらが、たちまち、人を春にする。これこそ春だ。垂れしだれた、細い枝々のさきまで、紅の八重の花が咲きつらなっている。そんな花の木の群れ、木が花をつけたというよりも、花々をささえる枝である。

また円地文子（劇作家・小説家。国語学者上田万年の娘で、『女坂』『朱を奪うもの』などが代表作。『源氏物語』の現代語訳にも取り組んだ）は、エッセイ「京の紅枝垂」（『花信』昭和五五年　海竜社）に、参拝を早々にすませて左側の入口から内苑に入り、回廊の石畳みを降りたところに「まるで、花見の客を迎えているように数株の桜が下垂れた枝を細竹に支えられて大きな花傘のように咲き匂っていた」と書く。三人が同じように上げる紅枝垂れの花むらは、神苑の入り口にあるのだから、初めて目に飛び込んでくるインパクトが違うのであろう。

しかし、この数樹をとりわけ美しく感じたのは、最初に眼に映じる桜であったことに加えて、もう一つ、桜を引き立てる色彩が関係している。かねて私はその色彩は、赤であり、黒であると思っている。黒は夜桜の夜空や、東北角館《かくのだて》の武家屋敷の枝垂れ桜の背景の真っ黒い板塀がその好例である。赤は、この平安神宮に止《とど》めを刺す。特に神苑入り口あたりは、桜が朱塗りの回廊に最も近く、紅枝垂れの花々は建物の赤色に映えて、絢爛《けんらん》たる色彩の饗宴《きようえん》を見せるのである。

しかし、長寿の紅枝垂れも永遠ではない。近年この入り口の数樹の中に枯れたものがある。だがこの神苑の紅枝垂れ群は、まだまだ美しい。


二人はそこに長いこと、腰かけていた。真一は冴えた顔で、水のおもてをじっとながめていた。／「なに考えてはんの?」と、千重子の方から聞いた。

「さあ、なんやろな。なんにも考えない幸福の時もあるやろ。」

「こんな花の日には……。」

「いいや、幸福なお嬢さんのそばで……。その幸福が匂って来るのやろか。あたたかい若さのようにね。」

「あたしが幸福……？」と、千重子はまた言った。目に憂愁のかげが、ふと浮んだ。うつ向いたので、ただ、池の水が目にうつったようでもあった。

しかし、千重子は立ちあがった。

「橋の向うに、うちの好きな桜があります。」／「ここからも見える、あれね。」

その紅しだれは、もっともみごとであった。名木としても知られている。枝はしだれ柳のように垂れて、そしてひろがっている。その下に行くと、あるなしのそよ風に、花は千重子の足もとや肩にも散った。

と、川端が上げた同じ名木を、円地も「何と言っても、一番、紅枝垂の見事なのは、一番奥の庭の大きい池の中心にかかっている廻廊風の橋の向うに一際大きい樹が一本あって、池と廻廊を見下ろすように、思うさま、咲き垂れている」（「京の紅枝垂」）と示す。平安神宮を訪ねる読者は、この樹を探してみたら如何《いかが》であろうか。また『古都』と『細雪』をこの枝垂れ桜のくだりを比較しながら読むのも面白いだろう。『古都』は桜の繊細な美と若い二人の心の彩《あや》が、春愁とともに描かれる。

紅枝垂れ桜への愛着――『細雪』以後――

谷崎の平安神宮の桜への愛着は、『細雪』以後にも何度も語られる。熱海に疎開した戦中（昭和一九年）も参詣して昔の花見を思い出しているし（「都わすれの記」）、進駐軍が園遊会をやっていた戦後も（「京洛その折々――昭和二十四年日記抄――」）、谷崎は紅枝垂れ桜を見ようと平安神宮を訪れている。この執着は、鹿ヶ谷《ししがたに》の法然院《ほうねんいん》の自分の墓に紅枝垂れを植えたことに極まった。鞍馬《くらま》石の自然《じねん》石には自らの筆になる「寂」の一字が刻まれ、松子夫人とともに、谷崎はここに眠っている。同時に作られた「空」と彫られた隣の墓石は、雪子のモデル渡辺重子とその家族のためのもので、二つの墓には戒名も俗名も一切かかれていない。そして二つの墓石の間に一本の紅枝垂れ桜が植えられている。まさに紅枝垂れは、生涯を通じての谷崎の〈美〉の象徴だった。

谷崎のエロスの文学

このような谷崎の「桜」への執着は、彼の『細雪』以外の代表的な作品とどう関わるかを考えてみよう。谷崎文学の世界と言うと、人は男女の間柄において驕慢《きょうまん》な女性が優位にあり、その魔性に魅せられた男はひたすら拝跪《はいき》し［ひざまずき拝む］、サディズム的な仕打ちにマゾヒズム的な悦楽を感じるという男女の物語を想像するであろう。『痴人の愛』（大正一三年）は自分の好みに育て上げたつもりの女が奔放な魔性を発揮し、男は手玉にとられ翻弄《ほんろう》されるというストーリーで、ヒロインのナオミのイメージが当時の世相・風俗にも影響を与えるほど広く読まれた。『春琴抄』（昭和八年）の主家の美しい娘春琴と奉公人佐助の仲も、まさにこのタイプの物語で、人の遺恨を買い、大火傷を受けた春琴の顔を見ないために佐助は自ら瞳孔《どうこう》を針で突いて盲目となるのである。また最晩年の『鍵』（昭和三一年）は老人の性への執念を書いたもので、文学に日頃関心のない人々にも話題となった。日記体の小説で、夫婦の日記が双方から盗み読まれるという設定で綴《つづ》られている。夫は刺激剤として妻に浮気をそそのかし、妻は知っていてそれに応じる。『瘋癲《ふうてん》老人日記』（昭和三六年）も死と隣りあう老人の、息子の元ダンサーの嫁に対する妄執を書いた日記体小説である。

　こういう世間的にも有名な谷崎のエロスに満ちた小説の魅力について、三島由紀夫は、この谷崎文学の特質はすでに『刺青』（明治四三年）などの初期の作品に序曲のようにことごとく提示されていたとして、少年時代のことを振り返る。美しい伯母が少年の三島に「谷崎の変態小説を読んでるの？」とからかいながら、「何となくその美しい顔にうれしそうな表情を泛《［うか］》べていた」のを覚えているというのである。「社会人をひそかに満足させ、女をひそかに喜ばせる」、他の作家にない本質を、三島は「氏の小説作品は、何よりもまず、美味《［おい］》しいのである」として、中国料理やフランス料理に喩《たと》える。手間と時間を惜しまないで作ったソース、珍奇な材料、豊富な栄養——それが「人を陶酔と恍惚の果てのニルヴァナ［理想の境地］へ誘い込み、生の喜びと生の憂鬱、活力と頽廃とを同時に提供し、しかも大根《おほね》のところで、大生活人としての常識の根柢をおびやかさない」（「谷崎潤一郎について」『群像　日本の作家　8』平成三年　小学館）と三島は書くのである。

　要を得た一つの谷崎論だと思うが、この谷崎のエロスと『細雪』などに見られる桜への執着とはどう結びつくのであろうか。これを括《くく》るとしたら〈美への憧憬と拝跪〉としか言いようがない。谷崎の〈美〉は広いということだ。

谷崎文学の面白さや魅力はそれでいいとして、これが果たして文学としての価値にどう結びつくか、と問う人がいるかもしれない。谷崎は一部の評論家を中心に「無思想の作家」として必ずしも高く評価されない傾向もあったのである。これに対して作家・評論家であり、D・H・ロレンスの『チャタレイ夫人の恋人』などの翻訳者としても著名な伊藤整は、谷崎の文学を擁護する(「谷崎潤一郎の生涯と文学」『谷崎潤一郎』昭和五二年　河出書房新社)。

伊藤は、低い評価は谷崎の文学が「如何に生くべきか」という近代日本の知識人の第一課題に答えを出していないからだと言う。近代の日本文学はこの課題を前提として育成され、評価されて来た。「個人がその敵を自己の外部、国、社会、階級、悪人などに見出すものとして、自然主義、社会主義、白樺派、プロレタリア文学等が日本文学の正統を形作って来た」。しかし、「それと別に、敵を個人の内側、人間性の深部に発見し、そのエゴイズム、色情、異性崇拝、憎悪、嫉妬などのために倫理、秩序感が崩壊する恐怖を描くことによって実在をとらえる文学の系統が現代には存在すべきなのである」というのが伊藤の主張であり、谷崎をそういう文学の系統に位置づけるのである。

伊藤は、この系統の文学には、露伴、鏡花、漱石、潤一郎、横光利一、川端康成などが含まれ、そういう文学史が編まれ得るとする。さらに中でも谷崎を最も評価して「そういうモチーフの追求者の大なるものとして、多分、将来、谷崎潤一郎は、近代文学の範囲を越え、西鶴、紫式部などと比肩する存在として扱われることとなるだろう」とも言う。傾聴すべき一つの見解であろう。

第二章　円山公園〈祇園《ぎおん》の夜桜〉

丸谷才一　九鬼周造

京都で最も有名な桜

京都で最も有名な桜は、何といっても「祇園しだれ」と言われる、円山公園の一本の枝垂れ桜である。「祇園の夜桜」として有名になり過ぎたからか、最近の桜案内の書は、とおりいっぺんの説明しかしないようにも見受けられる。しかし、何といっても京都の桜の大スターである。それが証拠に著名な日本画家が競うようにこの桜を描いている。古くは冨田渓仙《とみたけいせん》の『祇園夜桜』（大正一〇年、横山大観記念館蔵）。大観はこれが気に入り自分で購入した。彼の『夜桜』（昭和四年、大倉集古館蔵）は、渓仙の絵に影響を受けていると言われる。ただ渓仙の枝垂れ桜を山桜に替えてある。「祇園夜桜」が間接的に生んだ名作と言えよう。新しいものでは東山魁夷《かいい》の『花明り』（昭和四三年）や『宵桜』（昭和五七年）が名高い。加山又造の『夜桜』（昭和六一年、山種美術館蔵）もおそらく祇園の夜桜を描いたのだと思っていたが、「イメージで描き、象徴的表現になった」と画家本人が言っている。祇園の夜桜が深層にあったに違いない。

「祇園をよぎる桜月夜」

「祇園」「夜桜」と言えば多くの人々の連想するのは、与謝野晶子の「清水へ祇園をよぎる桜月夜こよひ逢ふ人みなうつくしき」という歌であろう。明治三四年の『明星』五月号に発表され、同年八月の歌集『みだれ髪』に収められた。若々しいロマンチシズムや、明快なことばとリズムが愛され、晶子の代表歌とされる。「夕月夜」「星月夜」などの語は古典にあるが、「桜月夜」はなく、晶子の造語と考えられる。晶子らしい華やかな造語である。

「祇園」が祇園神社（八坂神社）の境内を言うのか、「祇園」の街を言うのか両様考えられるが、晶子自身が「清水寺の方へ行こうとして祇園神社の附近の街を歩いて行くと」（『歌の作りやう』『定本與謝野晶子全集』第一三巻　昭和五五年　講談社）と自注している。いずれにしても円山公園、祇園神社、高台寺、産寧坂、清水寺というのが当時の花見のコースだったと言うから、「こよひ逢ふ人」が祇園の夜桜を楽しんだことはまちがいない。

もう何十年も前に、初めて桜の時節の京都を訪れた私は、夕食をとった祇園の割烹《かっぽう》でこんな体験をした。女将《おかみ》がもう祇園の夜桜を見たか客の誰かれに聞いて、店の中がひとしきり夜桜の話で盛り上がったのだ。知らない同士でもう見た話をしたり、何時見たらいいかと意見を聞いたりする会話が飛び交った。「ああ、これが春の祇園なんだ」と私は合点した。

ここでは『たった一人の反乱』（昭和四七年）、『裏声で歌へ君が代』（昭和五七年）などの作品がある小説家・評論家の丸谷才一と、名著『〈いき〉の構造』（昭和五年）を書いた哲学者九鬼周造の、この桜についてのエッセイを取り上げたい。まず丸谷才一の「桜と御廟」という昭和五三年の文章である。丸谷は大正一四年生まれで山形県出身。『年の残り』（昭和四三年）で芥川賞を取った英文学者だが、該博な知識と話しことばを交えた平明な文体で、軽妙に語られるエッセイは特に人気が高かった。座談や挨拶《あいさつ》の名手としても知られ、それらの著作もある。

今の桜は二代目——吉井勇の歌——

わたしは東山を背にしてたたずんでいた。空は空いろと青のあいだで、縹《はなだ》いろというのに近い。しだれ桜のほんのすこし右に、うんと細い上弦の月があって、その右に星が一つ。宵の明星である。ほかには星はちっとも見えない。

同行の、というよりはむしろ案内役の杉本秀太郎さんが、

「昨夜にくらべてまたぐんと咲いた」／とつぶやく。つまりこの人は毎晩、円山の花見をしているのである。そして、

「ほかの桜と色が違うでしょう。リラの色に近い」

と、これはわたしに話しかける。たしかに、その菫《すみれ》いろがかった濃艶な趣はちょっと息苦しいくらいで、いわば大女優のかたわらにいる感じに似ている。

「初代はもっと貫禄があったでしょうね」

わたしはそんなことを言った。このしだれ桜は、伝説的な老樹であった第一世が昭

和二十二年に枯死したので、その年、かねて用意してあった第二世を植樹したものなのである。杉本さんは、それには直接は答えずに、その老樹を扱った文学を数えあげた。たとえば九鬼周造の随筆。たとえば吉井勇の短歌。そうそう、この短歌はうまい具合に全集第二巻で見つかったので、写して置くとしよう。昭和十六年の作だから、今年かぎりと言われてもなお数年もったわけである。「四月八日、黄昏ちかく円山に往きて、衰へたる老樹の姿を見る、この花に対してわれも多少の感なき能はず」という詞書で、五首並んでいるうちの四首。

西鶴の艶女《えんによ》のはての寂しさを見せてかなしき夕桜かも
円山の桜今年をかぎりぞといふ噂だにさびしきものを
老いらくの桜あはれと思へどもものの命はせんすべもなし
髪白き老いし桜の精《せい》の来てしみじみとして歎くまぼろし

丸谷はまず枝垂れ桜の背景の夜空から書く。これがうまい。そら色と青の間の色で縹いろに近いという微妙な色合いは、春宵の描写として的確であるばかりか「リラの色に近い」、「菫いろがかった」この桜の花の色と響きあうように美しい。実景だろうが、月と宵の明星を登場させるのも手馴《てな》れている。

杉本秀太郎は京都在住のフランス文学者・評論家。ボードレールや伊東静雄の研究家であるが、京の町屋に長く住む随筆家としても知られている。

丸谷の言うようにこの桜は、初代が昭和二二年に枯死したので、二代目を植樹した。この植樹を――初代の枯死を予測して早くから二代目の若木を用意していたことを含めて――行ったのは桜守の佐野藤右衛門家の人々であった。現在の藤右衛門（第一六代）の『京の桜』の一節を紹介したい。

（一代目の＝引用者補）この桜は残念なことに、終戦後の二十二年、大きく世の中が変わると同時に、自らの時代の終わりを告げるように枯れてしまった。／現在の二代目祇園しだれは、私の父（一五代＝同）が先代（一四代＝同）の枝垂桜から種を採り自園に育てていたのを、市の要請により移植したものである。／桜は連作をいやがるので、父はトラックにして二十台ばかりの新しい土を運び、もとの土と入れ替えた。そして一年間、土を馴染ませ、翌二十四年三月、移植が行なわれた。先代しだれの場所に一本、他の二ヵ所に各一本、計三本移植したうち、一本は火災で焼失、一本は枯れたが、幸いもとの場所に植えた一本は根づいて生長した。植えて五年ばかりというもの、なかなか育たぬ桜に、期待の大きかった人びとから非難の声がひきもきらず、父の心労が続く。ようやく人様に見てもらえるようになるまで、十年ばかりも要したのであった。

実際に植栽にたずさわった人の貴重な証言である。この桜は「桜守」とよばれる人々の存在を特にクローズアップする桜である。

この桜を書いた文学として上げられたもののうち、九鬼周造の随筆は後述する。吉井勇は歌集『酒ほがひ』（明治四三年）で知られる耽美派の歌人で、祇園の歓楽を哀愁を織り交ぜてうたった歌は一世を風靡《ふうび》した。「かにかくに祇園はこひし寐《ね》るときも枕の下《した》を水のながるる」（『定本　吉井勇全集』第一巻　昭和五二年　番町書房）が有名である。詩人蒲原有明《かんばらありあけ》に

「西行法師は風月に放浪した。吉井勇君は酒と女に放浪した西行である」という名言がある。(『酒ほがひ』は高村光太郎の装幀《そうてい》、全ページに洋画家藤島武二のカットが刷られているという贅沢《ぜいたく》な本。「ほがひ」は「寿《ほが》ふ」から出た語で、「ことほぐ」の意)。丸谷が抄出した吉井の短歌は、いずれも妖艶に一抹の感傷を込めた、いかにも吉井らしい歌だが、少女や若い芸妓ではなく、老桜の老女のイメージをうたったところに特色がある。この歌を杉本を受けて丸谷も引いているのだから、心に染《し》むものがあったのであろう。

吉井の枝垂れ桜の老女のイメージは、樹勢が衰えていた初代を詠んだのだから当然だったかもしれないが、私がこの夜桜を初めて見たときは、二代目のまだ老樹とは言えないころのはずだが、やはり老女をイメージした。「小柄の上品な老妓」と思ったのは祇園という土地柄故であろう。「花の精」も私は感じたのだ。吉井の歌は全く知らなかったのだから、この桜にはそう感じさせるものがいわば普遍的に?あったことになる。いかにも老木といった感じの幹。明かりに白が際立ち、白髪のようにしだれた花枝。その形姿が老女を連想させるのだろう。

しかしもう一つこの桜には老いた、だがまだ年齢相応の美しさを失ってはいない女性なら、持つに違いない「存在感」がある。それは人間で言えば「人格」である。生きて来た年月を受け止め、おのれを凛《りん》として表明している「存在感」である。「小柄の上品な老妓」は、この桜の精に形を与えたものであった。

丸谷は枝垂れ桜の前の高札を読んで、二代の名樹のいわれをたどり――その中には知っていることもあったし、初耳の話もあった――「第一世は樹齢二百年というのだから、まあ徳川中期、吉宗か家治のころに若木だったわけだな」と見当をつける。そして明治初年ごろにこの桜が見舞われた運命に筆を及ぼす。

祇園に来たわけは廃仏毀釈

さらにまた、その時分の京都の人々の心のなかは今とはまるで違っていたわけだ、あのころの人々は、帝だろうと、京都所司代だろうと、室町筋の豪商だろうと、粟田口の陶工だろうと、みな、神はすなわち仏、仏はすなわち神と思っていたわけだなと、いわば精神史的考察に耽《ふけ》っていた。桜から信心のことに話が移るのは唐突なようだが、必ずしもそうではない。というのは、しだれ桜の初代はもともとここにあったものではなく、廃仏毀釈《はいぶつきしゃく》という日本精神史上最大の変革の妙なとばっちりでこの地点に移植されたものだからである。

……円山公園の桜はもともと、感神院の執行（シュギョウと訓む。寺院で事務をとりあつかう上級の僧のこと。ここではその僧のいる坊）宝寿院の庭にあった。宝寿院が火事で焼けたのが慶応二年で、その二年後の四年三月に廃仏毀釈がはじまって、祇園社感神院は延暦寺の支配から脱し、五月、牛頭天王の神号が廃され、「感神院祇園社」が「八坂神社」に改められ、大鳥居からは、伝小野道風筆の「感神院」の額がはずされた。そして、明治初年には一帯が官地に接収され、付近の樹木は伐られることになる。それを聞いて明石博高という人が買取り、京都府に寄付したのが、円山公園のしだれ桜の初代なのである。

丸谷は、「日本精神史上最大の変革」とする神仏分離とそれに伴う「廃仏毀釈」の説明を始める。歴史上の事実・現象を説明するものであるから、いくら丸谷の文でもいささか難解な原文は引用を省いたが、明治初年の人々の信仰心を「あのころの人々は、帝だろうと、京都所司代だろうと、室町筋の豪商だろうと、粟田口の陶工だろうと、みな、神はすなわち仏、仏はすなわち神と思っていた」と、日本人の伝統的な神仏習合的な意識を具体的に説き起こすあたりは、丸谷らしい平明な文章のこなれた説明である。

ところが江戸末期あたりから、神道、儒教、国学の中の国粋的思想の一派が強まり、仏教側の停滞・堕落もあった上に、明治政府が天皇の神権的な権威を確立するために神道を国家宗教にしようとした政策によって、全国に「廃仏毀釈」が起こり、「多くの寺が焼かれ、貴重な経典、文書、仏像などが失われた」。

一方我が国には古代から「御霊《ごりよう》信仰」というものがあった。「異常な死に方をした死者の霊がわざわいをなすという考え方」で、「政治的な敗北者の霊」や「普遍的な呪術神」を祀《まつ》り、御霊会《え》という祭りを行った。祇園の八坂神社は、後者の典型的な社で、その祭りであり、現在も盛大に行われる祇園祭りは「御霊会が現代日本に残っている最大のしるしである」と丸谷は言う。

八坂神社の前身「感神院」という寺の執行「宝寿院」の庭にあった、「祇園しだれ」の初代の運命はかくの通りであった。明石博高は医師で実業家、京都府の京都振興の諸政策に協力した。「祇園しだれ」の値段は「五円」だったそうだ。

御霊信仰と桜

御霊信仰の寺「感神院」に植わっていた桜であったという点が、この話のみそである。つまり「祇園しだれ」の一代目は、御霊信仰を持っていたかつての京都の庶民が愛した桜だったということを、丸谷は言いたいのだ。

ついで丸谷は、この「円山公園のしだれ桜を見た翌日の午後」、「まったく偶然に崇徳院の墓と出会ったのである」と書く。崇徳院は一二世紀の天皇［上皇］で、丸谷に言わせれば「怨霊の総大将」である。鳥羽《とば》上皇の第一皇子、母は待賢門院、五歳で即位したが、鳥羽は寵姫《ちようき》美福門院の生んだ近衛《このえ》天皇を即位させるために譲位をせまり、近衛の死後は崇徳の皇子ではなく弟の後白河天皇を立てた。不満が重なった崇徳は、鳥羽の死後、摂関家の藤原頼長と結んで保元の乱を起こすが、敗れて讃岐《さぬき》へ流される。だからその墓は讃岐の白峰陵だが、崇徳の怨霊を鎮めるために崩御の二〇年後くらいから京に度々社や御堂《みどう》が造られた。明治元年九月に今出川通堀川東入ルの地に建てられた白峰神宮はその最も新しく、かつ最大の例である。丸谷が偶然出会ったという崇徳院の墓は、白峰神宮以前の社や御堂の末流とも言うべき「廟《びょう》」であったのだろう。竹村俊則の『昭和京都名所図会』（2洛東―下　昭和五六年　駸々堂出版）に見える「祇園町南側より安井金比羅宮に至る万寿小路西側にあり、三方を土塀でめぐらした墳丘上に『崇徳天皇御廟所』としるした大小二個の石碑がある」というのが、このとき丸谷が出会ったものと思われる。

丸谷は御霊信仰に強い関心を持っていて、このエッセイの六年後に『忠臣蔵とは何か』を書き、その人気の秘密の一つに御霊信仰があったと説いて、その斬新さが注目を集めた。ここでの、祇園の枝垂れ桜の初代が御霊信仰に縁のある桜であったという指摘は、この桜に今までのイメージとは異なるものを与えそうだ。死者とか怨霊とか疫病退散の祈りとか……。そして崇徳廟の話が出て来るので、御霊信仰の怨霊慰撫《いぶ》的な面が感じられはするが、丸谷の真意はやはりこの桜と御霊信仰の民衆性を結びつけたいのであろう。

しかし丸谷のこの指摘は図らずもこの桜の――と言うよりも桜の花全般の――美しさが持つ、ある〈本質〉を引き寄せるように思われる。人は、咲き満ちる桜花のこの世ならぬ美しさに、ある妖気を感じることがある。余りに美しいが故に、背後の、あるいは足下の深い根の底に繋《つな》がる冥界の〈闇〉を思うのだ。「桜の樹の下には屍体が埋まっている」という有名な梶井基次郎のことばは、こういう人々の潜在意識を汲み上げるものであった。丸谷の桜と御霊信仰の繋がりの指摘は、桜の一つの〈本質〉を射当てている。

『〈いき〉の構造』の著者 九鬼周造

もう一つのエッセイ、九鬼周造の「祇園の枝垂桜」も、この桜の「民衆の桜」という顔を、別の方向から読む者に与える。九鬼周造は男爵の子息として生まれた哲学者。東京帝大を卒業後渡欧し、ハイデッガーに学び、ベルクソンと親交を結んだ。サルトルを家庭教師にしたという。帰国後は京都帝国大学の教授を務めた。代表作『〈いき〉の構造』は、日本の伝統的な美的もしくは倫理的価値概念である〈いき〉を、西欧哲学の方法で分析し、〈いき〉とは、「媚態」と「意気地」と「諦め」という三つの契機から成り立っているとした。

九鬼の「祇園の枝垂桜」を読んでみよう。昭和一一年七月に雑誌『瓶史』に発表されたのが初出、一六年の死去の後出版された遺著『をりにふれて』（同年 岩波書店）に入れられた。初出の時期からこの花見は昭和一一年春のことだったと思われる。つまり九鬼がこのとき見たのは、吉井勇と同様、初代の祇園の枝垂れ桜であった。

民衆の桜

私は樹木が好きであるから旅に出たときはその土地土地の名木は見落さないようにしている。日本ではもとより、西洋にいた頃もそうであった。然し未だ嘗て京都祇園の名桜「枝垂桜」にも増して美しいものを見た覚えはない。数年来は春になれば必ず見ているが、見れば見るほど限りもなく美しい。

……夜には更に美しい。空は紺碧に深まり、山は紫緑に黒ずんでいる。枝垂桜は夢のように浮かびでて現代的の照明を妖艶な全身に浴びている。美の神をまのあたり見るとでも云いたい。私は桜の周囲を歩いては佇《たたず》む。あっちから見たりこっちから見たり、眼を離すのがただ惜しくてならない。ローマやナポリでアフロディテの大理石像の観照に耽《ふけ》った時とまるで同じような気持である。炎々と燃えているかがり火も美の神を祭っているとしか思えない。

あたりの料亭や茶店を醜悪と見る人があるかも知れないが、私はそうは感じない。この美の神のまわりのものは私にはすべてが美で、すべてが善である。酔漢が一升徳利を抱《かか》えて暴れているのもいい。群集からこぼれ出て路端に傍若無人に立小便をしている男も見逃してやりたい。どんな狂態を演じても、どんな無軌道に振舞っても、この桜の前ならばあながち悪くはない。……

更に数日後に、花が無いのは覚悟でもう一度行って見た。夜の八時頃であったろう。枝垂桜の前の広場のやぐらからレコードが鳴り響いて、下には二十人ばかり円を描いて踊っている。四十を越えた禿げ頭の男からおかっぱの女の子までまじっている。中折帽も踊っていれば鳥打帽も踊っている。着流しもいれば背広服もいる。よごれた作業服を纏《[まと]》ったまま手拍子とって跳ねている若者もある。下駄、草履《[ぞうり]》、靴、素足、紺足袋《[たび]》、白足袋が音頭に合せて足拍子を揃えている。お下げ髪もあれば束髪もある。……見物人の間に立って私は暫《[しばら]》く見ていた。

京都に住んでいた九鬼は、このエッセイのように何日も祇園の枝垂れ桜を見に行く。夜桜に陶酔し、その美しさを言葉にしようとするこのあたりの文章はなかなか見事である。彼は欧州留学中に、匿名で多くの詩歌を雑誌『明星』に発表したくらいだから、哲学者と言っても充分文学者なのだ。西洋の美に精通していることが、その讃歌に耳を傾けさせる。しかしこのあたりまでは、祇園の夜桜を愛でる人なら、言い方の違いはあっても誰でも言いそうだ。

だが周囲の料亭や茶店の猥雑《わいざつ》さを否定しないのは、ともかくとしても、「一升徳利を抱《かか》えて暴れている」酔っぱらいや、「路端に傍若無人に立小便をしている」輩《やから》まで見逃すのは如何かと大方は思うであろう。日本の「花見」の風俗がここにはむき出しになっている。「桜」は好きだが、「花見」は嫌いという日本人が、マナーがこれほどひどくはない現代においても、わりに多いのではないか。

しかし、この昭和一一年という時点において、九鬼はどんな狂態も無軌道も「この桜の前ならばあながち悪くない」と言うのである。彼は説明をしてないが、そこにはいわば「桜至上主義」があること、桜の下での飲食、無軌道な振る舞い、集団的行動は、実は桜が持っている〈本質〉と関わりがあるのだという意識があるのではないだろうか。

「花見」は外国にはない日本だけの風習だと言われる。そこには、農耕の祝祭であったであろう「花見」が思われるのである。農民が都市労働者になっても〈本質〉は変わらない。桜の下の民衆の踊りのシーンは、こういう桜の一つの〈本質〉を象徴的に語っていて印象深い。

私を含めて現代の桜愛好者は、こういう桜をあえて意識的に捨象しているようなところがある。桜は美的なものであり、高尚なものであり、特別なものであると思っている。九鬼のエッセイは、そういう「桜」観にある衝撃を与える。

人間への祝福

知恩院《ちおんいん》の前の暗い夜道をひとり帰りながら色々なことを考えた。ああして月給取も店員も運転手も職工も小僧も女事務員も町娘も女給も仲居もガソリンガールも一緒になって踊っているのは何と美しく善いことだろう。……

乙《おつ》な桜の　アラ　ナントネ／粋をきかした　縁むすび／

スッチョイコラ　スッチョイコラ

私の耳の奥にはまだ歌が響いていた。何のせいか渾身《こんしん》に喜びが溢れてくる。私は何《ど》処《こ》の誰れとも知らない彼等みんなの幸福を心のしん底から祈らずにはいられない気持になった。接木《つぎき》をしたとかいう老桜よ、若返ってくれ。いつまでも美と愛とを標榜して人間の人間性の守護神でいてくれ。

民衆詩の詩人のような人々への眼差し、こみ上げる喜び、民衆への愛情――。

これらの来る所以《ゆえん》は、もちろん大正デモクラシーとか、民衆詩運動とか、白樺派文学などの大きな時代のうねりが底流にある。しかしそれらの全盛期からは少し時代が立ち過ぎている。むしろ彼の個人的な境遇を考えるべきではないか。

九鬼周造（以下父との区別から「周造」とする）は、男爵九鬼隆一の四男として明治二一年に東京に生まれた。父は丹波綾部藩の武士だったが、維新後上京し、福沢諭吉の門下となる。文部省に入り、一一年パリ万博に出張し、各国の美術事情を調査した。その後特命全権公使としてワシントンに四年間駐在、帰国後、帝国博物館総長、貴族院議員を歴任し、男爵を授けられた。

周造は一高、東京帝大哲学科と進んだ秀才で、学友天野貞祐（哲学者・文部大臣）によれば「貴族の品位」を持った「美貌の持ち主」で、ヨーロッパ留学中、本人は嫌うにもかかわらず、「ホテルの人々など彼を呼ぶにプリンツ・クキをもってした」。ヨーロッパにおいて、さらに帰国後も周造は艶福家《えんぷくか》として聞こえた。

京大教授時代、時々講義に遅れたが、これは祇園から直行したからだと言われた。周造は妻の方から離婚を求められ、以後独居のままで生涯を終える。そういう情念に溺《おぼ》れていく傾向を彼自身は〈血〉であると言っている。そのとき、彼は祇園の出で、岡倉天心との恋で知られる母を思い浮かべているのだろうか。

母波津はアメリカで周造を身ごもり、夫隆一は、妻を日本で出産させるために帰国させようとした。そのため当時アメリカで美術研究中の部下、岡倉天心にエスコート役を託したが、この同行は二人を親しくさせ、彼等は恋に落ちる。隆一と波津は別居し、後離婚に至る。周造は中学一、二年のころは知人の家に預けられ、母のところに行ったり、父のところに行ったりの日々であったと回想している。少年期の家庭における父母の不在は、周造の成長形成に何らかの影響を与えたと想像される。母はやがて精神に異常をきたし、精神病院で亡くなる。

周造の心底には、終生〈孤独〉があったと言うべきであろう。また特権階級のエリートであることに対しての意識は、単純であったとは思えない。いわば持つ者の、持たざる者へのコンプレックスがあったのではないか。しかし、このエッセイの最後の場面には、そんな個人的な意識をもはや超越した、人間なるものへの肯定、人間への祝福が感じられる。「祇園の夜桜」は、そんなものを心に感じつつ、大勢の群衆とともに見る桜かもしれない。

第三章　常照皇寺〈九重桜〉

福永武彦　芝木好子

名桜の寺

京都市内から数時間車に揺られて行かなければ、たどり着けない桜の寺がある。一度行きたい、もう一度行きたい、しかし滅多には行けないというわけで、ここを訪れた人達はこれをエッセイに書くことが多い。勿論行き難いことよりも前に、この寺の桜は清雅極まりない美しい桜なのである。芝木好子、馬場あき子など小説家・歌人が女流作家らしい名文を書いていている。

京都府北部の山地、右京区京北井戸町にあり、臨済宗天竜寺派の寺である。正式には常照寺だが、鷹ケ峯《たかがみね》の、吉野太夫が門を奉納して有名な同名の寺と区別するために、「皇」

の一字を入れて通称としたものであろう。

開山堂の前の枝垂れ桜は、「九重桜」と呼ばれ、国の天然記念物になっている。推定樹齢三五〇年のエドヒガンで、開基とされる北朝の光厳《こうごん》上皇手植えの木の子孫とも、後水尾《ごみずのお》天皇が光厳上皇を偲《しの》んで植えたとも伝えられる（『日本の天然記念物』平成七年　講談社）。「九重桜」は九重［天子の宮殿、宮中］のやんごとなき帝たちのゆかりの桜という意味で、花びらのつき方とは関係がないようだ。枝が四方に垂れ、開花時には花がこぼれると形容されるが、近年の印象では樹齢は隠しがたいかもしれない。幹は数百年の風雪に耐えてきた黒く巨大な塊で、下部には空洞ができていて痛々しいほどである。しかし二本の子桜を従えて魁然と立つ姿は風格がある。花は、この魁偉と言ってよい黒い幹をバックに、白く上品で若木のような楚々たる風情である。

また方丈の前にある「御車返しの桜」は樹齢四〇〇年以上の山桜の一種で、一樹に八重の花と一重の花が入り交じって咲く「八重一重」と呼ばれる品種だという。後水尾天皇（本書「修学院離宮」の章参照）が見終わった帰路、八重か一重かもう一度確かめたくて車を引き返させたという伝承を持っている。境内にはある時代の京都御所の「左近の桜」が親木だという山桜もある。

「愛と孤独」の作家――でも人気抜群の作家――

ここでは昭和の後半、フランス文学・芸術の教養を基盤に、現代的な感性豊かな作品を書いた福永武彦の「風景の中の寺」を取り上げる。常照皇寺をテーマとしつつ、日本人は寺に何を見るかを考察したエッセイである。

福永は大正七年福岡県に生まれ、東京帝国大学文学部仏蘭西文学科を卒業した。父は銀行家であった。父の転任と母の死によって八歳以後は東京で暮らす。開成中学で後に小説家・評論家となった中村真一郎と同級となり生涯親交を結ぶ。昭和二二年に加藤周一、中村真一郎と共著で『1946・文学的考察』、単著として評論『ボオドレエルの世界』を出し注目を集めたが、肺結核の診断を受け、約五年半療養所生活を余儀なくされる。しかしその間小説を書き続け、文壇上の位置を確立した。『風土』(昭和二七年)は画家を主人公に、死を見つめる芸術家の生き方を追求した作品、『草の花』(昭和二九年)は亡友との思い出に縛られ、その妹への孤独な愛に苦しむ心を描いた作品で、ともに「福永武彦の長篇及び中篇小説はすべてその構成が音楽的である。さらに言えば、ソナタ風である。そして、追覆され展開されてゆく二つの主題は、愛と孤独だ」という評語（小佐井伸二「福永武彦論」〈『現代日本文学大系』第八二巻　解説　昭和四六年　筑摩書房〉）どおりの作品である。

しかしテーマは「愛と孤独」であっても、彼は文学の仲間や先輩の間では孤独でなかった。福永も、周囲の友人も専門が仏文学であったから、フランス文学系の作家グループというイメージが強い。堀辰雄は軽井沢で知り合った先輩作家で、その死後福永は中村真一郎とともに堀の全集の編集にあたった。一体に彼には文壇の先輩・年長者からも好意を持たれる何かがあったようだ。白皙《はくせき》の秀才なのに親しみやすかったのだろう。上記の堀辰雄の他に、石川淳、高村光太郎、室生犀星《むろうさいせい》などから知遇を得た。福永の人間像の一面を語るが、読者からの人気も高かった。

仏文学をその教養のフィールドとしている経歴から、京都に関するエッセイを書いたのかと思う向きもあるかもしれないが、福永は京都が好きだった。『福永武彦全集』（第二〇巻　昭和六三年　新潮社）の年譜（曽根博義編）の昭和一八年二五歳の項に「（父が退職して神戸に移住したので＝引用者補）藤沢市日ノ出町四二〇番地羽衣荘に一人で住む。以後しばしば関西に旅行、奈良、京都の古寺を訪ね」る、とある。京都のエッセイには、「京だより」「さくら」「平安京の春」がある。「平安京の春」には嵯峨野、宇治の章が見え、王朝文学の読者であったことがわかる。『古事記』『今昔物語集』の現代語訳もしている。

もう一度見たい桜

福永は、春の京都で花の時節を過ごしたことも何度かあり、この年（昭和五二年）も久しぶりに京の桜を見に行こうと宿の予約をした。だが出かける三日前にいつもの胃の不調が生じて、お流れになってしまった。彼は「風景の中の寺」にこう書く。

　桜を見るとなれば、私がもう一度も二度も行きたいと思っているのは丹波は常照皇寺のしだれ桜だが、あそこは北山を越えてから周山街道を車で逸散に走らなければならず、私に許容されている走行距離を少々はみ出していて、果して京都まで行ったとしてもその遠出が出来たかどうか疑わしい。とすれば前に行った時のことを思い出して、その記憶を大事にしていれば済むということにもなるのである。

私が常照皇寺のしだれ桜を見に行った話は既に随筆に書いたことがあるが、その時は友人たちと一緒で細君に置いてけ堀を喰わせたから、今度は連れて行って見せてやりたいと思いはしたものの、こと私に関してはこの前で充分に堪能したから是非とももう一度という程のものではない。一期一会《いちごいちえ》は桜の場合にも当てはまることで、適切なタイミングを失えば見ても見なかったに等しくなる。私はその年、微雨の中でこのしだれ桜が二分咲きから三分咲きへと次第に開くのを見てすっかり満足した。もう一度行ったからとて、必ずしも同じ三分咲きが見られるものではないし、記憶の中では花は最早散ることもないのだから。

もう一度も二度も見たいという常照皇寺の枝垂れ桜を、福永は昭和四三年春、五〇歳のとき、若い友人たちと見ている。（そのときの写真が『新潮日本文学アルバム』〈平成六年　新潮社〉に残る）。このときのことを随筆に書いたというのは、「さくら」であろう。京の名だたる桜を見たと書くが、「或る場合には、人は花見に於て過ぎて来た時間を眺めているとも言えそうである」（同全集第一四巻　昭和六一年）という福永らしい言葉があるが、個々の桜への感想はあまりない。二年後の春にも京都に滞在し、「平安京の春」を書いているから、京都の桜を随分見たはずで、その中の「もう一度みたい桜」なのだから、その風情はよほど心に刻まれたのであろう。

　常照皇寺への自動車の距離が、ドクター・ストップを命じられるというのは、随分大げさのようだが、彼の病歴を見ると納得させられる。彼は若いときは肺結核を患い、腸や咽《いん》頭《とう》にも発症して、長いサナトリウム生活を送ったほどであったが、四〇歳ごろから胃潰瘍《いかいよう》のために、何回も長期入院や手術を経験している。（全くの想像だが、長い間の結核の治療薬が胃の潰瘍の原因となったのかもしれない）。彼の桜を見ることにおける、桜も一期一会であると感じたり、記憶の中の桜はもはや散ることはないと言ったりする、ある達観、あるいは貪《むさぼ》らない淡白さは、常に〈死〉を傍《そば》に意識していた人間のものであろう。九年前の常照皇寺行きを回顧して、「微雨の中でこのしだれ桜が二分咲きから三分咲きへと次第に開くのを見てすっかり満足した」という彼の言葉は、その心境の、そしてこの桜花の、清らかさを語って余すところがない。

「歴史という風景」の中の寺

しかしこのしだれ桜も、――しだれ桜の名品として今ではすっかり有名になったが、常照皇寺という舞台を別にしてはその価値を半減するだろう。……常照皇寺のしだれ桜は、南朝ゆかりのこの古寺の境内にあってこそその存在理由があり、光厳天皇の御陵によって南朝のはかない歴史を偲ぶことと、山国の春のほんの数日間に綻《ほころ》び、咲き揃い、そして散って行く桜を愛《め》でることとは、本質に於て同じである。……丹波の山奥に、鬱蒼たる檜や杉の大樹に囲まれて建つこの禅寺が、周囲の自然の中に溶け込むことによって一箇の別天地を創り出していることは言うまでもない。寺というものは、それを取り巻く環境を生かすことによって、常に現世に於ける別天地であることを指向するように見える。

福永は、常照皇寺という歴史の舞台ゆえに、その枝垂れ桜は価値があると言う。南北朝のはかない歴史の一こまを偲《しの》ぶことと、山国の短い春に咲き、散って行く桜を愛でることは、本質において同じことだとするのである。常照皇寺は一四世紀の南北朝時代、北朝初代の光厳天皇が晩年に開いた寺であった。福永が「南朝」とするのは勘違いであるが、「北朝」の初期の天子たちも「南朝」と同様に「はかない歴史」をたどったことは間違いなく、福永の言わんとする趣旨は勘違いではない。光厳天皇は北条氏、後醍醐《ごだいご》天皇、足利尊氏など目まぐるしい権力の交替があった時期に、擁立されたり、幽囚の生活を余儀なくされたり、廃位となったり、政治に翻弄された天皇である。彼が晩年出家し、世俗を離れて禅に精進したのが常照皇寺である。寺の背後の山に光厳天皇を葬った山国陵があり、参道の上の小さな門の銅葺きの屋根などに菊のご紋章が彫ってあり、ここが皇室ゆかりの寺であることを思い出させる。二つの朝廷が並立した南北朝時代は五六年間続き、北朝に統一される。しかし初期の北朝は、歴史の流れのままに漂う存在だった。

二度目の常照皇寺に行けなかった福永は、人は何故古い寺に行くのかを考える。彼は、ある年の暮に奈良へ行ったとき、日の落ちた満天の茜《あかね》色の雲に赤々と染められた法隆寺の五重塔の遠景に、永遠を感じた体験を述べ、若き日に初めて見た薬師寺、興福寺《こうふくじ》、唐招提寺《とうしょうだいじ》などを思い出す。

これらの寺は歴史という一つの風景の中で永遠を刻んでいる。時間はそこでは停止している。それは仏たちの思惟が、その微笑が、その慈悲が、永遠の中で停止しているからである。……

私が冬の荘厳な夕陽に照し出された法隆寺の金堂や五重の塔を見ながら感じたものは、これらの建物もまた永遠だということである。戦災に遭うことがなかったという意味ではない。火災による災害はいつ起るかもしれず、木造建築は常にその危険を孕《はら》んでいる。にも拘《かかわ》らずこれらの建築は、いや多くの伽藍をちりばめた広い境内は、そこが永遠を具現化した別天地であることを示している。金堂は焼けることもあるだろうし、塔は頽《くず》れることもあるだろう。しかしそれらの建築は現世に於ける仮象にすぎず、そこに含まれている精神的な力、或は宗教的な力は、常に永遠を目指していて火にも風にも損《そこな》われることはない。

ここから原文引用を少し省略せざるを得ないが、福永の言葉を逐《お》うことにする。歴史という風景の中で永遠を刻んでいる寺――その永遠性とは堂や塔の建築の永遠性ではないと彼は言う。建築は現世における仮のすがたに過ぎず、永遠のものは、その建築を作り、伝えて来たある精神的な力または宗教的な力、つまりその建築に込められ、あるいは体現されている心が永遠なのだと言うのだ。この「精神的な力、或は宗教的な力」を福永はこれ以上説明してないが、祈りとか、憧憬《しょうけい》とかいうことばに言い換えてもいいのであろう。

日本人は寺が好きで、京都や奈良に行く観光客があんなに多いのは、「歴史という風景」の中の寺が持つ歴史的な雰囲気に浸りたいという人が多いのだろうと福永は考える。その雰囲気とは、「宗教的感情というよりは、喪われた故郷への憧憬」であり、「喪われた時間への情緒」である。「喪われた故郷」は通俗的に言う生まれた地ではなく、いわば人間の魂の原郷とも言うべきものを言うのだろう。「喪われた時間」も個人的な過去ではなく、人間の過ぎ去った歴史であろう。そこでは、例えば天平白鳳《はくほう》の時間が停止しているのだ。

現世における別天地にして、自分達現代の人間の魂の原郷の如きものがあると感じられ、創建から今に至る過ぎ去った歴史の時間が思われる寺——そういう「歴史という風景」の中の寺に、私達は行きたいのだと福永は言う。

「自然という風景」の中の寺

しかしもう一つの、自然という風景の中にある寺の方が、より一層日本人の好みに合っているのかもしれない。それは自然という風景の「中にある」と共に、自然という風景を「中に持つ」寺でもある。簡単に言えば「庭」を持つ。……寺を見るということは、その寺の中にあって現実の時間を離れた別天地を、言い換えれば永遠を、垣《かい》間見《まみ》るということではないだろうか。／……禅寺の場合には「枯山水」というまったく新しい形式が導入された。池もなく、島もない。いや、あることはあるがただ象徴というにすぎない。それは自然というものをその原素である精神に還元させ、時間というものをその源である無に還元させたものである。そこでは風景は、一つの内的風景である。

従って禅寺に於て、庭は美的対象であると共に精神の、思惟〔しい〕の、対象でもあった。浄土宗の庭のように未来の理想境をあらかじめ用意するというよりは、現世の中に垣間見られた永遠であり、集注された精神の夢幻境であった。……

私たち日本人は自然を好む。従ってまた自然の風景の中にあって一つの精神的なものを象徴する寺を、その中に含まれる庭と共に、しげしげ見たくなるのは当然のことである。私たちは浄土に生れ変るなどと思いはしないが、寺を訪れている間には、或る永遠の息吹が私たちの魂に吹きつけて来るのを感じる。私たちはそのような静けさを愛するのである。

もう一つの「自然という風景」の中の寺も事情は同じである。この「自然」は周りの自然であるとともに、寺の中の自然即《すなわ》ち「庭」でもある。禅寺の場合、「庭」は「美的対象」であるとともに、「精神の対象」「思惟の対象」でもあった。精神や思惟の世界は、現実の時間を離れた別天地に他ならず、人は現世の中に永遠を垣間見ることが可能だと福永は言うのである。ここは「庭」というものの意味を取り出したことに意義がある。福永は「風景」を人間の外側のものだけではなく、人間の内にもあるもの、内的なものでもあるとした。そのために「庭」という自然は、精神的な領域、思惟に関わる領域の存在となる。そこでは現実の物理的な時間は超越され、人は永遠を感じることがあると言うのである。いささか難解な主張だが、論理だけでなく、豊かな感性が感じられないであろうか。

私達は何故古寺へ行くのか、そもそも古い寺に行って何を見、何を感じようとするのか、――この最も根源的とも言える問題に、フランスの文学や芸術をベースにした教養を、しかしまぎれもなく日本人の心を持ったこの作家は、このエッセイで答えた。

即ち彼の結論は、永遠を垣間見たい、感じたいということであった。「寺を訪れている間には、或る永遠の息吹が私たちの魂に吹きつけて来るのを感じる。私たちはそのような静けさを愛するのである」という結びは、哲学者ではなく文学者の言葉である。だから印象深いとも言えるのではないか。

この文章「風景の中の寺」は、昭和五二年九月に信州追分で書かれたもので、随筆集『秋風日記』（昭和五三年　新潮社）に入れられた。そしてエッセイを書いた二年後の昭和五四年八月、福永武彦は、胃潰瘍が悪化、入院して手術を受けたが容態が急変し、死去した。六一歳だった。彼が二度目の常照皇寺を訪れることはついになかった。

死をその胎内に孕《はら》む生――福永武彦の作品世界――

福永の作品については、若干上述したが、小説を中心にもう少し紹介しておこう。昭和三〇年代以降の中・長編小説には『忘却の河』（昭和三八年）、『死の島』（昭和四一年～四六年）がある。福永は日本の小説を私小説の袋小路から救い出し、西欧の小説の伝統を引き継ぐロマネスクを目指したいとした作家の一人だったから、構成に精妙な工夫があり、登場人物の現在と過去が複雑に交錯することによって、小説世界は重層的な深さを湛《たた》えている。

例えば『忘却の河』は七つの章からなり、各章に異なる人物が登場し――そのため各章はそれぞれ短編としても読めなくはない――心の内部を独白する。彼等は無関係な他人同士ではなく、一人の中年の会社社長、病気のため寝たきりのその妻、彼等の二人の娘達、その恋人の美術批評家である。しかしこの作品は一つの家族の内部崩壊などを描こうとしたものではない。彼等はそれぞれの現在と過去を心中深く抱えている。例えば会社社長は、戦前療養所で知りあった看護婦と愛をかわすが、結婚することはできず、彼の子を身ごもった女性は海に身を投じて自殺する。それは彼の見合い結婚の不実に起因することは明らかだったから、彼は「彼女を殺すことで私も亦死んだのだ」（同全集第七巻　昭和六二年）と考える。妻は最初の子が夭折《ようせつ》し、夫との仲もしっくり行かないのを感じていたが、書道の先生のところで知りあった若く優しい青年に恋を感じる。二人は結ばれるが、青年は戦争にかり出され戦死する。娘の一人は母のうわごとに聞いた青年の名を、戦没学生の手紙を集めた書物に見つける。その書物にある彼の両親宛の遺書の最後には、万一のときには○○さんの奥さんに宜しく伝えてほしいという文言があった。娘は自分の実の父親はこの人ではないのかと思う。こういう過去の記憶と言うにはあまりに深い傷痕《きずあと》だけではない。死の想念がつきまとう彼等の現在の日々も色濃く語られるのだ。

『死の島』は悪夢から目覚めた主人公が、部屋に掛けてある「島」という作品を書いた女流画家が、広島で服毒自殺をはかったという知らせを受ける。「島」は彼が「この世の終わりの風景」だと感じていた絵であった。彼女は原爆被爆者で地獄を見た体験をしている。知らせを受けた主人公が病院に駆けつけるまでの二四時間が小説の現在である。その合間に登場人物たちの過去が挿入される。人間の内面では時間の複雑な可逆性があり得るのだ。

これら『忘却の河』の七つの章と、『死の島』から放射されるものは、人間の愛の喜びと苦しみ、そして人間の生は常に「死をその胎内《はら》に孕む生」(『風土』同全集第一巻　昭和六二年)であるという認識であろう。生と死は対立するものとして別個に並置されているのではなく、生は死を孕んで存在しているのだ。

こういう生と死の認識は、上述のように、このエッセイの常照皇寺の枝垂れ桜に対する福永の姿勢と関連づけられると思う。

恋愛小説の傑作『海市』

昭和四三年に書き下ろしの作品として発表された『海市』は、福永の傑作に留まらず、昭和四〇年代以降の我が国の恋愛小説の白眉と言ってよい。

この作品には作者自身の言葉が多くあるが、昭和四二年一〇月の書き下ろしの完成に際して書かれた「著者の言葉」はこうだ。「一人の画家を主人公に、恋愛の幾つかの相を描いて、現代における愛の運命を追求した。バッハの『平均率クラヴィア曲集』に倣い、男と女との愛の『平均率』を、『前奏曲』と『フーガ』とを交錯させる形式によって描き出そうと考えた。頽廃と絶望の時代に、愛とても例外というわけにはいかない。にも拘らず、愛は我々の心の底に、常にクラヴィアの如く鳴り響いている筈である」（同全集第八巻　昭和六二年）と。『平均率［律］クラヴィア曲集』とは、すべての長調と短調を用いたバッハの画期的な曲集で、一九世紀のある高名な指揮者は、ベートーベンの三二曲のピアノ・ソナタを音楽の新約聖書に喩え、このバッハの曲集を音楽の旧約聖書と呼んだという。

また翌年の「『海市』の背景」（前出同）という文章には「私は全体を三部に分け、間に『間奏曲』という短い章を挟んだから、ちょっとブラームスの『絃楽六重奏曲』第一番のように」なったとし、本筋が進んで行く間に、必ずしも常に同じ人物ではない彼と彼女が登場する「断章」を挟むから、それらが互いに響きあうような効果を出し、「読者は、これらの断章の積み重ねの上に、普遍的な人生のすがたを垣間見ることになろう」と書く。

楽曲の構成にならった小説の構成を考え、ある条件下の男女の愛のそれぞれの相を描くと言うよりは、その些細な個別性や具体性をできるだけ削《そ》ぎ落とし、愛または人生の抽象的普遍的な本質を探ろうとしたものであることは明らかであろう。つまり極めて知的な恋愛小説なのである。

しかし、読者の前に展開される『海市』の世界は、知的であるとともに情感に溢《あふ》れた甘美な物語である。四〇歳にさしかかった画家の渋太吉は、南伊豆にスケッチのための小旅行に旅立ち、ある岬に蜃気楼《しんきろう》を見に行く。そこで夕暮れの空と海をバックに、「とある岩の上に、一人の女が、まるで塑像《そぞう》のようにこちら向きに立っている」（前出同）のを見る。この若い人妻安見子《やすみこ》との運命的な出会いから始まる、官能的ではあっても決して通俗に堕《お》とさず、現代人の愛の孤独と哀しみを底に湛えた恋愛小説は、多くの読者を魅了した。福永の人気を前述したが、私の知人の中には男女を問わず、『海市』の愛読者が多い。

鋭い時空感覚の作品

福永の作品の中には、もう一つの傾向として彼のストーリーテラーとしての才能と、鋭く豊かな時空感覚を示す中・短編がある。『塔』（昭和二一年）、『飛ぶ男』（昭和三四年）などである。中には斬新と言うよりも前衛的と評すべき作品もある。その発想は、彼が加田伶太郎の名で書いた探偵小説や、船田学の名で発表しているＳＦと同根のものかもしれない。あるいは彼が愛した西欧のシュール・レアリスムや幻想絵画の画家達――福永には『芸術の慰め』『意中の画家たち』などの随想的な評論もある――との関係もあるかもしれない。

いずれにせよ常照皇寺の九重桜を紹介するために、取り上げた「風景の中の寺」は、福永武彦の多彩な才能の一面をしか語らなかったようである。

芝木好子の九重桜

最後にまさに「蛇足」であるが、他の作家が書いた九重桜を紹介しておこう。自伝的な『湯葉』や、昔の遊廓を継ぐ町を題材とした『洲崎パラダイス』など、女の生き方を描いて定評のあった芝木好子の「花の旅」の一節である。

九重桜は四百五《ママ》十年以上を生きた老桜であるという。一本の太い大木の江戸彼岸枝垂桜で、枝が見事に伸びて、三本にも五本にも見えるほど大きく開いて、旺盛な生命力で花咲く。一本の桜樹にしてこれほどの風格を示すものは他にあるまい。花は蕾がふくらみきって、色を薄紅にためながら、はちきれそうに粒々が繋っている。なんという初々しさだろうかと、私はかえって胸がときめいた。今咲かんとする生命のかがやきにあふれていて、名木の匂やかさの予感がする。瞼《まぶた》を閉じて、ぱっと開くと、満開の桜にかわりそうな興奮をおぼえる。私たちは方丈の縁先に掛けて、一とき誰もいないしんとした庭の桜樹を眺めていた。

福永武彦にとって、この九重桜は「生涯ただ一度の桜」であり、それもこの文章の時点よりも九年も前に見た桜なので、その容相は具体的には鮮明ではない。桜を見るとはそんなことを見ることではない、と福永に叱《しか》られそうであるが、桜案内として紹介した。「花の旅」は随筆集『杏の花』に収められている。

芝木が感嘆しているのは、第一に巨木であるということだ。同じ幹からの枝なのに、四方に伸びる大枝は別の樹の幹みたいで、桜樹が数本あるように見えるのだ。（実際に見た感じは、確かにそのとおりである。株元からの枝張りは一〇メートル以上ありそうだ）。第二には古木なのに、蕾《つぼみ》が持っている若々しい生命力である。芝木がここを訪れたときは、まさに開花直前だった。しかし薄紅色にふくらみきった蕾は、満開になったときのこの桜を幻視させるほどの旺盛な生命力に充ち溢れていたのである。芝木の文章は、福永の九重桜のやや抽象化された〈美〉に、さらなる彩りと輝きを具体的に与えている。

第二部　庭①——社寺

第四章　下鴨《しもがも》神社〈京に着ける夕〉　夏目漱石　高浜虚子

「京都ノ first impression 寒イ」

今から一〇〇年ちょっと前のある春の宵、満四〇歳の文豪夏目漱石が京都駅に着く。到着したのは夕刻七時半をまわっていたから、もう暗い上に街は人の気配も少ない。漱石はこのときのことを書いた文章の中で「唯《たゞ》さえ京《きょう》は淋《さび》しい所《ところ》である。原《はら》に真葛《まくず》、川《かわ》に加茂《かも》、山《やま》に比叡《ひえ》と愛宕《あたご》と鞍馬《くらま》、ことごとく昔《むかし》の儘《まゝ》の原《はら》と川《かわ》と山《やま》である。……此《こ》の淋《さび》しい京《きょう》を、春《はる》寒《さむ》の宵《よい》に、疾《と》く走《はし》る汽車《きしゃ》から会釈《えしゃく》なく振《ふ》り落《おと》された余《よ》は、淋《さび》しいながら、寒《さむ》いながら通《とお》らねばならぬ。南《みなみ》から北《きた》へ——町《まち》が尽《つ》きて、家《いえ》が尽《つ》きて、灯《ひ》が尽《つ》きる北《きた》の果迄《はてまで》通《とお》らねばならぬ」と書く。一〇〇年前の淋しい京都の様子——年間一三〇〇万の宿泊観光客が訪れる

（京都観光総合調査）という現代の京都からは考えられないが――その一端を窺ってみよう。

そもそも漱石は何のためにこのとき京都に来たのか。何故に京の「北の果て」――このときは「下鴨《しもがも》神社」のある「糺《ただす》の森」を指す――まで行くのか。ことはこの後の文豪漱石の新たな誕生に関わる。小品ながらこの「京に着ける夕」は、彼の文学人生を考えるとき見落とせない作品である。

このとき、明治四〇年三月二八日、午前八時に新橋を発《た》った夏目漱石は、荒正人『漱石研究年表』（増補改訂　昭和五九年　集英社）によれば、夕刻午後七時三七分、京都の七条停車場に降り立った。新橋から一一時間四〇分かかっている。（因《ちな》みに現在の東京午前八時発の「のぞみ」は、午前一〇時一七分に京都に着く。所要二時間一七分。この一〇〇年間に九時間半近く短縮されたことになる）。

汽車《きしや》は流星《りゆうせい》の疾《はや》きに、二百里《り》の春《はる》を貫《つらぬ》いて、行《い》くわれを七条《しちじよう》のプラットフォームの上《うえ》に振《ふ》り落《おと》す。余《よ》が踵《かゝと》の堅《かた》き叩《たた》きに薄寒《うすさむ》く響《ひゞ》いたとき、黒《くろ》きものは、黒《くろ》き咽喉《のど》から火《ひ》の粉《こ》をぱっと吐《は》いて、暗《くら》い国《くに》へ轟《ごう》と去《さ》った。

「流星」のように疾かったのは、一五年前に子規と来たときの一七時間以上かかった記憶と比較していようが、今彼を下ろして走り去った列車のスピードの実感でもあろう。二〇世紀の象徴とも言える蒸気機関車は擬人化されて登場する。彼は機械文明、産業文明の非人間性を感じさせる〝黒い怪物〟である。

京都文学散歩の先達の一人臼井喜之介によれば、「京に着ける夕」は旧制中学の国語教科書に出て来るなじみの深いもので、昔の中学生はこの文で「糺の森」の名とその漢字をおぼえるのが普通だったと言う。そして同時に漢文調の文体に誇張と擬人化で諧謔《かいぎゃく》の味を加える〝漱石ぶし〟になじんだのであろう。

七条停車場——現在の京都駅よりやや北で、七条通りに近かったのでこう呼ばれていた——には、友人の狩野亨吉《かのうこうきち》と菅虎雄《すがとらお》が出迎えに来ていた。東京帝国大学文科大学在学中からの友人で、その後も同僚であったり、互いの就職の世話をしたりする仲であった。菅は漱石にとって最も借金を頼みやすい友人だったと言われる。このとき狩野は京都帝大文科大学学長（今の学部長にあたる）だった。三四歳で第一高等学校長に任じられたほどの俊才であった。菅は京都にある第三高等学校教授に赴任してきたばかりで、この夜の漱石の宿、下鴨神社の糺の森の中の狩野の家に仮寓していた。ドイツ語と哲学が専門であった。「京に着ける夕」の文中の「主人」が狩野、「居士」が菅である。親友に迎えられて、漱石の心は暖かかったはずだが、彼は震え上がる。この日の日記に漱石は書く。「夜七条ニツク車デ下加茂ニ行ク。京都ノ first impression 寒イ」。

「ぜんざい」の赤提燈

東京《とうきよう》を立《た》つ時《とき》は日本《につぽん》にこんな寒《さむ》い所《ところ》があるとは思《おも》わなかった。……／「遠《とお》いよ」と云《い》った人《ひと》の車《くるま》と、「遠《とお》いぜ」と云《い》った人《ひと》の車《くるま》と、顫《ふる》えて居《い》る余《よ》の車《くるま》は長《なが》き轅《かじ》を長《なが》く連《つら》ねて、狭《せば》く細《ほそ》い路《みち》を北《きた》へ北《きた》へと行《ゆ》く。……／細《ほそ》い路《みち》を窮屈《きゆうくつ》に両側《りようがわ》から仕切《しき》る家《いえ》は悉《ことごと》く黒《くろ》い。戸《と》は残《のこ》りなく鎖《とざ》されている。所々《ところどころ》の軒下《のきした》に大《おお》きな小田原提燈《おだわらぢようちん》が見《み》える。赤《あか》くぜんざいとかいてある。人気《ひとけ》のない軒下《のきした》にぜんざいは抑《そもそ》も何《なに》を待《ま》ちつゝ、赤《あか》く染《そ》まって居《い》るのかしらん。春寒《はるさむ》の夜《よ》を深《ふか》み、加茂川《かもがわ》の水《みず》さえ死《し》ぬ頃《ころ》を見計《みはか》らって桓武天皇《かんむてんのう》の亡魂《ぼうこん》でも食《く》いに来《く》る気《き》かも知《し》れぬ。

……始《はじ》めて京都《きようと》に来《き》たのは十五六年《ねん》の昔《むかし》である。その時《とき》は正岡子規《まさおかしき》と一所《いつしよ》であった。麩屋町《ふやまち》の柊屋《ひゝらぎや》とか云《い》う家《いえ》へ着《つ》いて、子規《しき》と共《とも》に京都《きようと》の夜《よる》を見物《けんぶつ》に出《で》たとき、始《はじ》めて余《よ》の目《め》に映《うつ》ったのは、此《こ》の赤《あか》いぜんざいの大提燈《おおぢようちん》である。此《こ》の大提燈《おおぢようちん》を見《み》て、余《よ》は何故《なにゆえ》か是《こ》れが京都《きようと》だなと感《かん》じたぎり、明治《めいじ》四十年《ねん》の今日《こんにち》に至《いた》る迄《まで》決《けつ》して動《うご》かない。ぜんざいは京都《きようと》で、京都《きようと》はぜんざいであるとは余《よ》が当時《とうじ》に受《う》けた第一印象《だいいちいんしよう》で又最後《またさいご》の印象《いんしよう》である。子規《しき》は死《し》んだ。余《よ》はいまだに、ぜんざいを食《く》った事《こと》がない。実《じつ》はぜんざいの何物《なにもの》たるかをさえ辨《わきま》えぬ。汁粉《しるこ》であるか煮小豆《ゆであずき》であるか眼前《がんぜん》に髣髴《はうふつ》する材料《ざいりよう》もないのに、あの赤《あか》い下品《げひん》な肉太《にくぶと》な字《じ》を見《み》ると、京都《きようと》を稲妻《いなずま》の迅《すみや》かなる閃《ひらめ》きのうちに思《おも》い出《だ》す。同時《どうじ》に——ああ子規《しき》は死《し》んで仕舞《しま》った。糸瓜《へちま》の如《ごと》く干枯《ひから》びて死《し》んで仕舞《しま》った。——提燈《ちようちん》は未《いま》だに暗《くら》い軒下《のきした》にぶら〳〵している。余《よ》は寒《さむ》い首《くび》を縮《ちゞ》めて京都《きようと》を南《みなみ》から北《きた》へ抜《ぬ》ける。

漱石は京都に着いたときから寒がっているが、どういうわけか彼の持って来た「二十二円《えん》五十銭《せん》」の新調の膝《ひざ》掛けは、このとき「居士《こじ》」の膝にあった。彼等は三輛《りよう》の人力車を連ねて、暗い京の街を「糺の森」に向かって北進する。通常なら烏丸通りを北上し、今出川を東進したと思われるが、寺町通りではという説もある。いずれにしても当時の京都の日が暮れた後の暗さと寂しさが窺える。原文引用を省略した箇所だが、人力車は「かんから〻ん、かんから〻ん」と「輪《りん》を鳴《な》らして行《ゆ》く」。漱石は「陰気《いんき》な音《おと》ではない。然《しか》し寒《さむ》い響《ひゞき》である。風《かぜ》は北《きた》から吹《ふ》く」と書く。

そこに登場する、所々の軒下の赤く「ぜんざい」と書いてある小田原提燈は印象的である。漆黒の闇の中の赤だからだろう。一五、六年前に子規と初めて京都に来たときも見た提燈であったが、漱石は「あの赤い下品な肉太な字」と書いて、この提燈に好感を持たず、懐旧の情は湧《わ》いて来ない。我々現代の読者が一〇〇年前の真っ暗な寂しい京都の街衢《がいく》を想像するようすがとして、ぜんざいの提燈は闇の中にぶらさがっている。

京都に来て、ぜんざいの提燈を見て漱石は子規を思う。子規が亡くなったのは、わずか四年半前の明治三五年九月で、漱石は英国に留学中であった。子規の死を、自身に何度も言い聞かせるがごとく「子規は死んだ」「ああ子規は死んで仕舞った」と繰り返す。そもそも漱石は京都に来て少しも心躍っていない。気温が低く、防寒の備えが充分でないために寒いからだけではないだろう。この「寒さ」が物理的なもの、あるいは生理的なものに留まらず、いわば「心の寒さ」でもあるのだということに、我々は次第に気がついてくる。

「加茂の森がわれわれの庭だ」

……長《なが》い橋《はし》の袂《たもと》を左《ひだり》へ切《き》れて長《なが》い橋《はし》を一《ひと》つ渡《わた》って、ほのかに見《み》える白《しろ》い河原《かわら》を越《こ》えて、藁葺《わらぶき》とも思《おも》われる不揃《ふぞろい》な家《いえ》の間《あいだ》を通《とお》り抜《ぬ》けて、梶棒《かじぼう》を横《よこ》に切《き》ったと思《おも》ったら、四《よ》抱《かゝえ》か五抱《いつかゝえ》もある大樹《たいじゅ》の幾本《いくほん》となく提燈《ちょうちん》の火《ひ》にうつる鼻先《はなさき》で、ぴたりと留《と》まった。寒《さむ》い町《まち》を通《とお》り抜《ぬ》けて、よく〳〵寒《さむ》い所《ところ》へ来《き》たのである。……余《よ》は車《くるま》を降《お》りながら、元来《がんらい》何処《どこ》へ寝《ね》るのだろうと考《かんが》えた。／「是《こ》れが加茂《かも》の森《もり》だ」と主人《しゅじん》が云《い》う。「加茂《かも》の森《もり》がわれ〳〵の庭《にわ》だ」と居士《こじ》が云《い》う。大樹《たいじゅ》を繞《めぐ》って、逆《ぎゃく》に戻《もど》ると玄関《げんかん》に燈《ひ》が見《み》える。成程家《なるほどいえ》があるなと気《き》がついた。

糺の森は、賀茂《かも》川と高野川が合流する地点の三角地帯にある。古代日本の川沼の水辺には森林がよくあった。糺の森も平安京造営以前からの森であろう。糺は「只洲《ただす》」で、同音の偽りをただすという意味を持った。森の北辺に下鴨神社があり、シイ・アラカシ・エノキ・ケヤキなどが鬱蒼《うっそう》と茂る森の中を参道が通る。御手洗川《みたらし》・泉川が森を抜けて高野川に注ぎ、中世以来納涼の場であった。上賀茂神社と合わせて一社と扱われ、平安時代、伊勢神宮と並ぶ尊崇を受けた。『源氏物語』など王朝文学と深い繋がりを持つが省略する。今は近代の文豪漱石が明治の末、この森の中に約一〇日間逗留《とうりゅう》したことに焦点を合わせたい。

狩野の家に着いた漱石に、「居士」は「加茂の森〔糺の森〕がわれ〳〵の庭だ」と言う。森を庭とするのは強引な気もするが、森に住み、森の家を訪れる人間には最も身近な自然であり、同じ役割を果たす一種の庭であっただろう。

漱石は、震えているのを見かねて勧められた風呂に最初に入る。そして彼のために新調したという「太織《ふとおり》」の蒲団に潜って寝たが、肩のあたりに「糺《たゞす》の森《もり》の風《かぜ》がひやり〳〵と吹《ふ》いて来《く》る」寒さに、京都では袖のある夜具を作らないと聞いて、「京都《きょうと》はよく〳〵人《ひと》を寒《さむ》がらせる所《ところ》だ」と嘆く。勿論原始林の名残のような森の中は寒かったであろう。しかしその寒さをさらに骨身に沁《し》みさせる何かが、このときの漱石にはあったこともまた事実であった。

子規への思いと我が身

子規《しき》と来《き》て、ぜんざいと京都《きようと》を同《おな》じものと思《おも》ったのはもう十五六年《ねん》の昔《むかし》になる。……子規《しき》は血《ち》を嘔《は》いて新聞屋《しんぶんや》となる。余《よ》は尻《しり》を端折《はしよ》って西国《さいこく》へ出奔《しゆっぽん》する。御互《おたがい》の世《よ》は御互《おたがい》に物騒《ぶっそう》になった。物騒《ぶっそう》の極《きよく》子規《しき》はとう〱骨《ほね》になった。其《そ》の骨《ほね》も今《いま》は腐《くさ》れつゝある。子規《しき》の骨《ほね》が腐《くさ》れつゝある今日《こんにち》に至《いた》って、よもや、漱石《そうせき》が教師《きようし》をやめて新聞屋《しんぶんや》になろうとは思《おも》わなかったろう。漱石《そうせき》が教師《きようし》をやめて、寒《さむ》い京都《きようと》へ遊《あそ》びに来《き》たと聞《き》いたら、円山《まるやま》へ登《のぼ》った時《とき》を思《おも》い出《だ》しはせぬかと云《い》うだろう。新聞屋《しんぶんや》になって、糺《たゞす》の森《もり》の奥《おく》に、哲学者《てつがくしや》と、禅居士《ぜんこじ》と、若《わか》い坊主頭《ぼうずあたま》と、古《ふる》い坊主頭《ぼうずあたま》と、一所《いっしよ》にひっそり閑《かん》と暮《くら》して居《い》ると聞《き》いたら、それはと驚《おどろ》くだろう。矢《や》っ張《ぱ》り気取《きど》っているんだと冷笑《れいしよう》するかも知《し》れぬ。子規《しき》は冷笑《れいしよう》が好《す》きな男《おとこ》であった。

この京都に着いた夕べ、漱石には終始子規のかげがついて廻る。子規の人生への哀惜が、同じ心を持って過ごした自分自身の人生への思いを照射する。子規と京都に来たのは一五年前の明治二五年であった。同じ慶応三年（一八六七）生まれの彼等は二五歳の大学生だった。のち子規は新聞『日本』の記者となり、俳句・短歌の革新に勤《いそ》しんだが、脊椎《せきつい》カリエスのため三五歳で死去、漱石は松山中・五高の教師となり英国に留学、帰国後は一高と東京帝大で教壇に立っていた。

この明治四〇年三月の時点で、漱石が京都に来たのにはいくつかの理由があった。まず彼が教壇を去り、朝日新聞の「小説記者」となる決心をしたことである。大阪朝日に一度出向いて挨拶をする必要があった。さらに漱石が朝日に行くことを決める前に、狩野亨吉に彼が学長（学部長）を務める京都帝国大学文科大学に教授として来ないかと誘われたが、断ったということがある。すでに書簡により話は決着していたが、狩野にあらためて会う必要もあっただろう。

何故大学を去るのか。漱石が自分の地位にかねてから満足していないということが根底にある。彼は東京帝大も一高も教授ではなく講師であった。それには漱石が英国から帰国後東京在住の希望があり、熊本の五高教授を辞職したことなど複雑な理由があるのだが、詳細は省略せざるを得ない。しかし四年が経つ今、もとの教授に復位してほしいという気持ちがあったことは事実だろう。教授会に出る権利も無いのに、入試の監督や採点を仰せつけられることに漱石は閉口している。不満は学生達に対してもあった。漱石の前任者ラフカディオ・ハーンが大学を追われたことへの同情から、学生達の漱石への反応は冷淡だったと言われる。学生達はハーンの主情的な文学鑑賞を好み、発音を直したり、語源から意味を捉《とら》えて、英語力の向上をはかる漱石のやり方を嫌った。漱石の教えることへの情熱が減退していくのは、無理もなかったと言える。

京都帝大に行かなかった理由に、幼少期の養父で、すでに縁が切れたのにもかかわらず援助を無心して来る塩原昌之助とのトラブルがあった。これは漱石研究者の書簡を追った詳細な研究が明らかにしている。『道草』（大正四年）はこの養父とのいきさつと心理を描いたものである。漱石は京都行きを逃げたと思われることが嫌だった。塩原は、離れれば余計にしがみついて来る人物だったのである。

新聞社への転身は、自身が好んで選んだ道ではなかった。もし東京帝大や一高が彼の望む大学教員の処遇に応えてくれれば、入社しなかったかもしれない。

人生の寒さ

つまりこのころ漱石は、ずっと現在の職への不満や近親嫌悪を抱えていた。(無心をして来るのは塩原だけでなかった)。そして「小説記者」という選択にも、必ずしも明るい展望を持っていないのである。作家としてやって行くことに不安もあったことだろう。養父塩原など肉親や姻戚《いんせき》の存在の方は、漱石が何をしていようと今後も変わらないものであった。人間が生まれ、生きる過程に逃れ難く生じる義理と血縁の宿命を思うと、漱石は暗然たる思いに捉われたであろう。大学辞職を知って手紙を寄越した、弟子の一人野上豊一郎への返書の中で、漱石はこう言っている。「思ひ切って野に下り候。生涯は只運命を頼むより致し方なく前途は惨怛たるものに候」(『漱石全集』第一四巻　昭和四一年　岩波書店)――。京都にやってくる五日前のことであった。漱石の「心の寒さ」は、来し方行く末の「人生の寒さ」であった。

時計の音とカラスの声

続く文章の中に、「枕頭《まくらもと》の違棚《ちがいだな》に据《す》えてある、四角《しかく》の紫檀製《したんせい》の枠《わく》に嵌《は》め込《こ》まれた十八世《せい》紀《き》の置時計《おきどけい》が、チーンと銀椀《ぎんわん》を象牙《ぞうげ》の箸《はし》で打《う》つ様《よう》な音《おと》を立《た》てゝ鳴《な》った」とある。前出の人力車の「かんからゝん、かんからゝん」という輪の音、この後の暁のカラスの「きやけえ、くう」という鳴き声を考えると、漱石の聴覚の独特な鋭さが浮かび上がって来る。漱石は意外にも「聴覚の人」であった。

特に「銀椀を象牙の箸で打つ様な音」には、ある繊細さがある。鳴り止んだ後も頭の中にまだ鳴っていて、耳の奥、脳の中、心の底へ浸み渡って、「心《こころ》の尾《つ》いて行《ゆ》く事《こと》の出来《でき》ぬ、遥《はる》かなる国《くに》へ抜《ぬ》け出《だ》して行《ゆ》く様《よう》に思《おも》われた」音であった。

この真夜中の時計の音は、漱石の別の音を思い起こさせる。大正四年の随筆「硝子戸の中」（『漱石全集』第八巻　昭和四一年　岩波書店）の項目十九にある西閑寺という寺の朝晩の勤行《おつとめ》の鉦《かね》の音である。漱石は幼時、近所のこの寺の「赤《あか》く塗《ぬ》られた門《もん》の後《うしろ》」の「深《ふか》い竹《たけ》藪《やぶ》」の奥でするその音が耳に残っているとし、「ことに霧《きり》の多《おお》い秋《あき》から木枯《こがらし》の吹《ふ》く冬《ふゆ》へ掛《か》けて」、その「鉦《かね》の音《おと》は、何時《いつ》でも私《わたくし》の心《こゝろ》に悲《かな》しくて冷《つめ》たい或物《あるもの》を叩《たゝ》き込《こ》むように、小《ちい》さい私《わたくし》の気分《きぶん》を寒《さむ》くした」と回想する。この「鉦の音」は、紀の森の夜中の「鈴《りん》の音」と響きあう。それはともに「人生の寂寥」を漱石に告げる音だった。

暁《あかつき》は高《たか》い欅《けやき》の梢《こずえ》に鳴《な》く烏《からす》で再度《さいど》の夢《ゆめ》を破《やぶ》られた。此《こ》の烏《からす》はかあとは鳴《な》かぬ。きやけえ、くうと曲折《きよくせつ》して鳴《な》く。単純《たんじゆん》なる烏《からす》ではない。への字烏《じがらす》、くの字烏《じがらす》である。加茂《かも》の明神《みようじん》がかく鳴《な》かしめて、うき我《わ》れをいとゞ寒《さむ》がらしめ玉《たま》うの神意《しんい》かも知《し》れぬ。

かくして太織《ふとおり》の蒲団《ふとん》を離《はな》れたる余《よ》は、顫《ふる》えつゝ窓《まど》を開《ひら》けば、依稀《いき》たる細雨《さいう》は、濃《こま》かに糺《たゞす》の森《もり》を罩《こ》めて、糺《たゞす》の森《もり》はわが家《や》を遶《めぐ》りて、わが家《や》の寂然《せきぜん》たる十二畳《じよう》は、われを封《ふう》じて、余《よ》は幾重《いくえ》ともなく寒《さむ》いものに取《と》り囲《かこ》まれていた。

春寒《はるさむ》の社頭《しやとう》に鶴《つる》を夢《ゆめ》みけり

糺の森に住むカラスに漱石は眠りから現実世界に戻される。したたかなカラスは単純には鳴かない。「への字」「くの字」に鳴くというのは、鳴き声の感じを仮名の字形にあてはめたものであろうか。「憂きわれを寂しがらせよ閑古鳥」の芭蕉の句の閑古鳥をカラスに置き換え、加茂の明神がカラスを啼《な》かせて自分を寒がらせるのかもしれないと言ってみる。カラスは猥雑《わいざつ》で喧噪極まりない〈俗世間〉の代表、〈現実〉の象徴である。〈俗世間〉や

〈現実〉が寒いのは、汚濁にまみれているからではなく、寂寥《せきりょう》に充《み》ちているからでもない。その汚濁や寂寥の中に、漱石がこれからも生きていかなければならないからである。

「京に着ける夕」の一文は、俳句によって見事に締めくくられる。この句の中の「鶴」は、〈俗〉の代表「カラス」と対立する。漱石は南画をよくし、自賛の詩文を作ったが、東洋画の伝統から言って「鶴」は〈雅〉もしくは〈美〉を表すものであった。

「鶴を夢みけり」を必ずしも鶴の夢を見たと解する必要もない。「夢見る」は、心に思い描く、夢のように空想するとも解せるのだから。大学教授から小説作家として文学創作の世界に踏み出す漱石の、〈雅〉や〈美〉への憧憬、希求であるとともに、決意をも伝える読者達への挨拶の一句だったのだろう。

漱石にとっての〈夢〉

ここに夢が出て来ることは二つの意味で興味深い。夢は非リアリズムの領域のものであり、ここには漱石の文学の脱リアリズムの傾きが暗示されている。この非リアリズム、脱リアリズムは、幻想や空想のロマンチシズムとイコールではない。それは文学や芸術における、〈虚構〉の方法の優位性・有効性の認識——〈写実〉よりも〈虚構〉によってこそ人間の真実は描ける——という自覚と言ってよい。漱石はこの文章の締めの句を、写生句にはしなかったのである。

もう一つは、ここで〈夢〉という装置を使ったことは、その後の漱石の創作方法と関係があるのではないか。この「京に着ける夕」の翌明治四一年、漱石は一〇編の〈夢〉で語られる『夢十夜』を発表した。「こんな夢を見た」という書き出しで始まる話が多いが、当然のことながら、この夢の実在性は証明できない。ただ本当に見た夢であろうと、そうでなかろうと、それが漱石の内面もしくは深層を表出していることは間違いないだろう。

高浜虚子の名文

この文章を読むと、糺の森を訪ねたくなる。狩野亨吉の家の位置は、すでに建物も地番も失われているから、研究者の考証や昔を知る人からの聞き取りにも多少揺れがあり、残念ながら明確に特定できない。ただ漱石自身が当時京都に滞在していた高浜虚子から手紙をもらい、狩野の家から出した返事の所書きの「京都市外下加茂村二十四番地狩野亨吉方」は動かない。この地の当時の正式な地番は「愛宕郡下鴨村下鴨二四番地」であることはわかっている。これが現在のどの地点にあたるかだが、岡三郎の次の調査（『夏目漱石研究』第三巻　平成七年　国文社）が最も詳しい。即ち現在の市バス「糺ノ森」停留所のある下鴨西林町の地域で、下鴨本通に面した二三番地と二四番地にあった木村家の奥に貸家があり、その貸家を狩野が借りていたというものである。現在の下鴨本通は住宅、マンション、商店などが立ち並ぶ、今の京都のどこにでもある生活の街で、町並みから漱石の時代を想像することは困難である。

しかしこのとき前掲のように高浜虚子とのやりとりがあり、漱石の返事をもらった虚子は、四月一〇日、狩野の家を訪ねている。虚子は漱石死去の翌年「京都で会った漱石氏」（大正六年）という一文に、そのときの様子を書いている。

下鴨あたりの光景は、私が吉田の下宿に居た時分に比べると非常に変化していた。……その二十四番地に狩野という名札を見出して私は案内を乞うた。……春雨の降って居る門内の白い土を踏んで其《その》玄関に立った時私は恰《あたか》も寺の庫裡《くり》にも這入ったような清い冷たい感じを受けた。玄関には支那の書物らしいものが稍々［やや］乱雑に積重ねてあって、古びた毛氈《もうせん》のような赤い布が何物かの上に置いてあった。其毛氈の赤い色が強く私の目を射た。それは確かに赤い色には相違なかったが、少しも脂粉の気を誘うようなものではなかった。表に降って居る春雨も、一度この玄関内の光景に接すると忽［たちま］ちその艶を失ってしまうように思われた。

（『定本高濱虚子全集』昭和四八年　毎日新聞社）

一〇〇年以上前の糺の森の中にあった一軒の家の情景――。このとき春雨の中で漱石を包んでいた空気が感じられるではないか。これも文章の力なのである。

「奇跡の一〇年」へ

荒正人の『漱石研究年表』によれば、今回の京都で漱石は京都帝国大学、大阪朝日新聞社を訪れる。『東京朝日新聞』四月一日の紙上に「近々我国文学上の一明星が其本来の軌道を廻転し来りていよ〳〵本社の分野に宿り候事と相成居り候」と予告され、翌二日には

「新入社は夏目漱石君に候」と発表される。この間、東山、伏見、宇治、桃山方面を見物、六日に「京に着ける夕」を執筆したと推定される。七日・八日と嵐山に行き、保津川を下る。九日には狩野、菅と比叡山《ひえいざん》に登る。この保津川・比叡行きはこの後六月に起稿された、朝日入社後の最初の小説『虞美人草《ぐびじんそう》』に生かされた。一〇日が前掲の高浜虚子が訪ねて来た日である。漱石がそれまで寺めぐりしかしていないと知って、虚子は花見小路の都踊りに誘い、さらに茶屋の一力に連れて行く。ここで二人は数え年一三歳の二人の幼い舞妓と夜を更かして、座敷でみんなそのまま眠ってしまった。世に言う祇園の雑魚寝《ざこね》である。信頼のおける客に許された特典だったという。

翌一一日午後八時二〇分、七条発の夜行列車で漱石は東京に帰る。『虞美人草』に始まり、大正五年一二月の『明暗』執筆中の死までの一〇年間、『三四郎』『それから』『門』『彼岸過迄《ひがんすぎまで》』『行人《こうじん》』『こゝろ』『道草』などの代表作が書かれた、奇跡の一〇年が始まろうとしていた。小品「京に着ける夕」に書かれた「人生の寒さ」は、ひとときの感情たるに留まらず、これらの作品の底に――深浅の度合いはあれ――伏流する大きな存在となっていくのである。

漱石の偉大さ

最後に文豪漱石の偉大さをあらためて考えてみる。彼の後期の作品――上掲の朝日新聞小説記者となってからの作品――は、人間の我執あるいは自我とその結果とも言える対立そして孤独を追求したものであった。そして未完に終わった『明暗』において、漱石は人間の我執の暗い相剋《そうこく》を救済する〈則天去私〉の境地を目指したと言われる。小宮豊隆ら漱石門下の研究者が主唱した。

しかし、評論家江藤淳は、『夏目漱石（増補版）』（昭和四〇年　勁草書房）において「『心《ママ》』、『道草』、『明暗』の三つの作品を通じて、漱石は明らかに『愛』の可能性を探索するより、その不可能性を立証しようとしている。人間的愛の絶対的必要性を痛切に感じながら、それが同時に絶対的に不可能であることを、全ての智力を傾けて描いていた奇妙な男の姿が、これらの作品の行間から浮び上って来る」と書き、たとえば小宮の予感し期待する『明暗』の結末――〈則天去私〉という登場人物たちへの救いの道――を次のように否定する。

> しかしぼくらが漱石を偉大という時、それは決して右のような理由によってではない。彼は問題を解決しなかったから偉大なのであり、一生を通じて彼の精神を苦しめていた問題に結局忠実だったから偉大なのである。彼が「明暗」に「救済」の結末を書いたとしたなら、それは最後のどたん場で自らの問題を放棄したことになる。……あらゆる作品の示すかぎりに於て、彼は小宮氏の期待する救済を書き得る人ではなかった。ぼくらの心に感動をひきおこすのは、こうした彼の悲惨な姿である。彼はおそらく救済の瀬戸際に立っている。しかし救済はあらわれぬ。彼の発見した「現代人」というものが、すでにそのような宿命を負わされた人間であった。そして生半可な救済を夢想するには、漱石はあまりに聡明な頭脳を持ちすぎていたのである。

この江藤の言は、漱石の晩年の小説の核心をつき、同時にこれらの作品がどのような意味で日本の近代小説の最高峰なのかを語る。ここに引いた以外での江藤の考えも参酌しつつ、優れた近代小説の条件を挙げるならば、まず人間の内面に深く関わる内容を持つこと、登場人物の内面と作者のそれは緊密な繋がりを持ち、登場人物の苦悩は何よりも作者の問題であること、作者はこの苦悩に誠実に粘り強く向きあっていること、しかし登場人物イコール作者という自然主義的な私小説とは異なり（『道草』は例外とすべきか）、小説は作者の仮構した世界として自律的に展開すること、などであろう。

こういう性格を持つ小説は、心理的リアリズムとも言うべき方法で書かれ、その文章は考えられる限りの最も厳正な散文になる。例えば、あの『こゝろ』の「先生の遺書」を思い浮かべるとよい。（『こゝろ』はある時期から、高校の「現代国語」の教科書に取り上げられ、また最近『朝日新聞』は「先生の遺書」を、『こゝろ』発表一〇〇年を記念して再掲載した。漱石の文章の「凄《すご》さ」を実感した人が多いのではないか）。特に友人Kの恋の告白から自殺に至る場面のすさまじい緊迫感と迫真性は、設定されたシチュエーションもさることながら、散文の機能を知り尽くして駆使している漱石の文体のもたらしたものである。そして何よりも、「先生」の苦悩を作者自身も「生きている」という真実が根底にあるから生まれて来るものなのである。

評論家の吉本隆明が漱石後期の作品についての講演で、「（漱石は＝引用者補）作品のなかではけっして休まなかった、いいか悪いかは別にして遊ばなかった。じぶんの資質をもとにしたじぶんの考えを展開しながら、最後まで弛《たる》むことのない作品を書いたという点では、息が長いだけではなくて、たぶん最も偉大だといえる作家だとおもいます」（平成三年。のち『夏目漱石を読む』〈平成一四年　筑摩書房〉に収録）と言うのも、漱石のこの点を指摘していると考えられる。

第五章　青蓮院《しょうれんいん》〈楠の巨木〉

永井荷風　芥川龍之介

女子学生に最も人気のない文豪

大学や短大の女子学生に最も人気のない近代の文豪は、永井荷風だという話を聞いたことがある。日本文学専攻生の卒業研究などに作品や作家が選ばれないという意味である。その作品は『腕くらべ』『濹東綺譚《ぼくとうきだん》』など芸妓や私娼との交流を題材にし、古い江戸趣味の世界であること、作者荷風は晩年好んでストリップ劇場の楽屋に出入りするなど、知性が感じられない好色な奇人にしか見えないことなどがその理由なのであろう。しかし、ある年齢以上の者になってしまうかもしれないが、荷風散人に対する敬慕の思いや、その作品世界や文章への感嘆を禁じ得ない文学者や文学ファンは決して少なくない。

永井荷風は明治一二年東京市小石川金富町に生まれた。本名壮吉。父久一郎は尾張藩士の子で大学南校に学び、後、アメリカのプリンストン大学に留学した。禾原《かげん》の号を持って漢詩をよくし、文部大臣秘書官、文部省会計課長などに任じられ、退官後は日本郵船上海支店長などを務めた。

つまり荷風は、欧米の教養とともに漢詩文の素養も持つ、明治日本の山の手の良家の子弟であった。一高の入試に失敗、高商附属の外国語学校に中国語を学んだがすぐ退学、落語家の弟子、懸賞小説への投稿家、歌舞伎座作者見習いなど、方向が定まらないながら、文筆を好み、しかし遊蕩児《ゆうとうじ》的な要素も見せていた息子に対し、父久一郎は渡米を奨める。外遊が生活の一新に、またあわよくば商業界における立身に繋がることを期待する親ごころ故であった。荷風は歌舞伎作者の師匠福地桜痴《おうち》によって、ゾラ、モーパッサンなどの仏文学を知り、それへの憧れから曉星中学の夜学に通い、フランス語を学び始めていた。行く気になった荷風にとって、アメリカは最終目的地フランスへの入り口であった。

こうして明治三六年九月、二四歳の荷風は横浜を出港した。四〇年七月までの四年間弱アメリカに滞在、その後フランスへ渡り、父親の奨めるリヨン正金銀行にも勤めたが、銀行の仕事に堪え難く四一年三月辞職、五月パリを去り七月帰国した。五年弱の「洋行」であったが、この〝青春の彷徨《ほうこう》〟以外の何物でもなかった歳月が文豪永井荷風を生み出したのであった。

「アメリカでの荷風はまずシアトルに近いタコマに着く。ハイスクールに通学し、「図書館で読書し、倦めば近郊の森林に入り、湖畔に逍遥するを常とした」(全集年譜　竹盛天雄)。セントルイス、ワシントン、ニューヨークと移り、フランス留学の準備もする。旅費捻出のためにワシントン日本公使館の小使いをし、フランス老婦人の家に寄宿してフランス語を習う。ワシントンで知った娼婦イデスとの生活に耽溺《たんでき》するが、日本の文芸雑誌に幾つかの作品も寄稿する。

この荷風の青春の日々は、彼の文壇への出世作となった『あめりか物語』(帰国の明治四一年刊行)、『ふらんす物語』(四二年)及び後年の大正六年に当時の日記を発表した『西遊日誌抄』などに窺うことができる。ここに描かれた青年荷風の異国に於ける孤独な日々とその哀歓は、彼の才能を語るとともに、これらの作品が明治日本文学の記憶すべき青春の記であることを語って余すところがない。

あのクスノキを初めて書いたのは荷風

一方クスノキである。東山の峰々にそって点在する洛東《らくとう》の名刹を、一度でもたどったことがある人は、魅力的な青蓮院《しょうれんいん》の名とともにその門前に立つクスノキの巨木に強いインパクトを与えられたのではないか。青蓮院の名は、この寺の比叡山上の本坊が傍に青蓮の池があったことからそう呼ばれ、東山山麓《さんろく》のこの里坊にも同じ名前がつけられたという。一二世紀から、鳥羽法皇皇子など皇族を門主とする門跡寺院であったため、地名から粟田《あわた》御所とも呼ばれた。

クスノキは神宮道に面した青蓮院の門前〔薬医門、長屋門〕に全部で五本ある。塔とか楼門とかいう寺院建築ではないのに、それ以上に強烈な青蓮院のイメージを作り上げている。伝承では樹齢八〇〇年と言われ、京都市の登録天然記念物に指定されている。この強烈なクスノキを客観的に見直してみよう。

少し前のものだが、平成三年環境庁が第四回自然環境保全基礎調査を行い出した『日本の巨樹・巨木林　近畿版』を見ると、この青蓮院の樹木群は、京都市内でも屈指のクスノキであることがわかる。京都市内のクスノキの巨木三〇本余を調べ、その中で、幹周（地上から一三〇センチの位置）五メートル以上で、かつ樹高二〇メートル以上のものを最大級としたが、青蓮院（樹齢推定八〇〇年、幹周五八七センチ、樹高二四メートル、枝張三〇メートル）と、新熊野神社（樹齢推定八三〇年、幹周六六九センチ、樹高二六メートル、枝張二五メートル）のものが京都市内では両横綱であった。

このクスノキを最初に文章に書いたのは永井荷風だと私は思う。何故それが荷風に可能であったのか。このクスノキ初出の文章は大正一一年の「十年振　一名京都紀行」で、久しぶりにやって来た京都の印象を書いたものである。

それから十年を過ぎた。……十年前の光景に比較すれば京都らしい閑雅の趣を失った処も少くはない。嘗《かつ》て一度眺め賞してより終生忘れることの出来ないように思った彼の出町橋のあたりの寂しい町端の光景の如きは、今日再び尋ねようとしても尋ねる事の出来ぬものとなっている。

然し京都には幸にして近世文明の容易に侵略する事を許さぬ東山の翠巒《すいらん》がある。西山北山を顧望するも亦《また》さほどに都市発展の侵害を被《こうむ》っていないように見えた。鴨河にはまだ幾条も日本風の橋が残っていた。粟田御所の塀外に蛟《こう》龍の如く根を張っている彼《か》の驚くべき樟《くすのき》の大木は十年前に見た時と変りがなかった。……大体に於て今日の京都は今日の東京の如くに破壊せられてはいなかった。

これによると、大クスノキを初めて見たのは、この文章の約一〇年前であった。荷風はこの一〇年の間の、変貌した京都と変わらざる京都の両方を挙げる。原文は省略したが、道幅の広げられたこと、橋梁《きょうりょう》河岸の改築、洋風商店の増加、人家の屋根の高くなったことなどを変化として挙げている。「出町柳のあたりの光景」（『冷笑』〈明治四三年〉に書かれている）のように、京都らしい「閑雅の趣」を失った処もあるが「大体に於て今日の京都は今日の東京の如くに破壊されてはいなかった」とする。その昔ながらの変わらぬ風景・風物として、これも省略せざるを得なかったが、鴨川の日本風の橋、堀川の岸に落葉する柳の老木、白川の流れに染め物を晒《さら》す女などを挙げた。この具体的な提示には、東京の偽近代化が彼をして江戸趣味に向かわせたのと同じ構造の荷風らしい懐古趣味が見られる。

そしてもう一つ、変わらなかったものとして青蓮院のクスノキが挙げられているのだ。これは異質のものを感じさせる。懐古趣味ではない、いうなれば荷風の新しさと若々しさがある。社寺庭園の樹木の存亡についての問題意識も注目すべきで、これも新しい。この新しさと、荷風が、何故にこのクスノキを深く記憶に留めていたかということが問題である。例えば後に掲げるが、芥川龍之介は荷風よりも四年前の大正七年に「青蓮院の庭（仮）」と題する小文――同年七月の「京都日記」の別稿か――を書いたが、後掲のように青蓮院へ何度も来たことが知れるのに、クスノキのことは「青蓮院の庭（仮）」にも「京都日記」にも書いていないのである。

またこれも後出するが、川端康成が「都のすがた――とどめおかまし」にこのクスノキへの感動を語り、それが京都を舞台とする彼の小説の代表作となる『古都』に表れるのは、昭和のそれも戦後になってからのことであった。つまり、荷風は明治、大正、戦前の昭和とほとんど顧みられなかった、この「青蓮院のクスノキ」の凄さにいち早く気づいた文豪であったのである。

樹木を如何なるものと見るか――いわば樹木観――を解析する任に今私は耐えられない

が、都市や庭園の樹木について、近代と近代以前、西欧と日本の間には、大きな差異があったのではないだろうか。そしてこの一〇〇年程の間に日本人の樹木観には、革命的とも言える変革があったと思われる。

かつて樹木を庭を構成する石と同じように見たから、個々の枝振りや樹形が問題にされていた。素朴な巨樹信仰はあっただろうが、日本人が特に都市において、樹木を一生命体として観じ、大木、巨木が持つ生命力やエネルギーに感動するようになるのは、比較的最近のことだったのではないか。三〇代の前半という若い荷風が、大正初めにそれが可能だったのは、もちろん彼の資質――樹木への関心など――もあろうが、この直前に米仏に約五年間留学し、西欧の風土とその上に成り立つ社会や文学に深く触れた経験が影響したと私は思う。

試みに『西遊日誌抄』をごく一部のみを書き抜いてみる。若き荷風の日々に樹木が如何に寄り添っていたかを証したい。なお荷風の年齢は私に註す。

『西遊日誌抄』の日々

西暦千九百四年　明治三十七年（二五歳）
四月九日　……更に自転車を走らすれば牧場を行尽して松の深林に入る。……一農家に入りて水を乞ひ携へたる林檎《リンゴ》と焼パンを貪《むさぼ》りつゝ、家に帰る。／九月廿五日　秋も漸《ようや》く暮れ行かんとす。街頭の樹木朝夕雨の如くに落葉す。……唯来るべき冬を待つべく日毎夜毎寂寥と憂鬱の情とを増し行くのみ。／十月三十日　……博覧会場の喧騒にも飽き果てたれば独り郊外の林間を歩み茫然としてミスシツピイ《ママ》の大河に対す。夕陽オークの紅葉に映ずるさま得も言はれず。
西暦千九百五年　明治三十八年（二六歳）
五月十三日　……黄昏《たそがれ》の光消去る頃再び郊外の岡に登り年古りし槲《かし》の根がたに腰を下しぬ。……／九月廿三日　再び家書を得たり。仏国に遊ばんと企てたる事も予期せし如く父の同意を得ざりき。今は読書も健康も何かはせん。……淫楽の中に一身の破滅を冀《ねが》ふのみ。先夜馴染《なじ》みたる女の許《もと》に赴き盛にシャンパンを倒して快哉《かいさい》を呼《さけ》ぶ。／十二月七日　嗚呼《ああ》余は遂に正金銀行に入りたり。……美の夢より外には何物をも見ざりし多感の一青年は忽《たちま》ち世界商業の中心点なるウオールストリイトの銀行員となる何等の滑稽ぞや。

西暦千九百六年　明治三十九年（二七歳）

八月五日　……陸に上りてパリセードの深林にさまよふ。嗚呼余は何故に此の月夜此の寂寞たる深林の中に自殺する事を敢《あえ》てし得ざる。哀れ卑屈なる余よ。

西暦千九百八年　明治四十一年（二九歳）

三月廿八日　……遂に意を決して停車場に赴き巴里《パリ》行の切符を購《あがな》ひたり。デジョンを過ぐる後日暮るゝや余は列車中にても頻《しきり》に帰国後この身の成行《なりゆき》いかならんと悲しさに堪へず屢々《しばしば》酒を傾けたり。夜半十二時巴里に着す。停車場前の宿屋に一泊し明けなば拉甸《ラテン》区に移らんとす。

この日記抄を読んで印象深いのは、何よりも青年荷風の憂悶《ゆうもん》の姿である。山の手のお坊ちゃん的な甘えもなくはないが、真摯《しんし》で純粋な青年期の普遍の姿とも言えるこの日誌の中の荷風に、彼を必ずしもよくは知らなかった読者の中には好意を抱く人が多いのではないか。佐藤春夫によれば、芥川龍之介は荷風の作品は嫌いだが『西遊日誌抄』だけは別だと言っていたという。

そして、もう一つは樹木の豊富な描写である。都市に近接する森林、街路樹、公園樹そして時に数本・数株の樹木として、それらは彼のすぐ傍に存在している。人間は樹木によりおのが周辺の自然を知り、時の移ろいを知り、自身を自ら知る。そのときどきの喜怒哀楽の思いとともに、これらの樹木は在る。このような樹木と人間の関係に身をおく経験の多かった人は、必ずや樹木に関心を持たざるを得ないのではないか。

荷風は帰国の数年後東京に残る江戸のおもかげや自然を訪ね歩いて『日和《ひより》下駄　一名東京散策記』（大正三年）を書くが、淫祠、寺、水、路地、崖、坂、夕陽などの章にまじって、「樹」という章がある。荷風は「もし今日《こんにち》の東京に果して都会美なるものが有り得るとすれば、私は其の第一の要素をば樹木と水流に俟《ま》つものと断言する」（『荷風全集』第一三巻　昭和三八年　岩波書店）として、銀杏《いちょう》、松、桜、柳などの老樹名木を列挙する。錦絵に描かれた樹、故事来歴のある樹、昔から見知っている樹、今回「日和下駄の歩きついでに尋ねあて」た樹などであり、欧米の都市景観に深く触れた体験が書かせた、日本の風土や文化の中に固有の美を発見しようとした試みであった。

「青蓮院のクスノキ」に目を留めた大正二年の翌年、『日和下駄』は書かれているわけで、彼の「樹木への関心」はこのころピークを迎えていた。生来の趣味好尚の部分もあろうが、その直前の欧米の風土体験——もっと限定的に言えば樹木体験——が荷風をして、明治の世において文学者の誰もが見なかった（あるいは見ても書かなかった）「青蓮院のクスノキ」を発見させたと言えるのではないか。

なお『西遊日誌抄』に見た荷風は帰国後どうしたか。簡潔に記しておくと、『西遊日誌抄』最終章に続く明治四一年五月、ロンドンを経て帰国の途につき、七月神戸に到着した。前掲のように、この年八月『あめりか物語』を、翌年三月『ふらんす物語』を刊行した。さらに一〇月『帰朝者の日記』、一二月『すみだ川』をあいついで発表、いずれも文壇の好評を得、新帰朝者荷風の文名はにわかに高まった。折しも慶応義塾大学文学部には文科革新の議があり、森鷗外、上田敏に主任的な教授の推挽《すいばん》を依頼した。こうして明治四三年荷風は鷗外、敏の推挙により三一歳の若さで慶応義塾大学教授に就任。以後主宰した雑誌『三田文学』は、反自然主義文学の一つの有力な拠点となっていく。

「新帰朝者」荷風の目

「十年振」に戻ろう。慶応義塾の教壇に立ち、その大阪講演会のために京都に来遊した荷風は、その一〇年後の大正一一年に「十年振」を書く。青蓮院の塀外に龍の如く根を張っているクスノキにまた目を留めたこととともに、荷風の京都論の新しさがここには表れている。それは自然保護、文化保護の目である。

一日粟田神社に近き一寺院の境内を過ぎた時、わたしは足駄をはいて野球を弄《もてあそ》ぶ学生等の樹木庭園に対して何等一片の慮《おもんぱか》りをも持っていないらしい挙動を目撃した。都市の風致を損傷するものは独り銅臭の「金銭の匂いがする」資本家ばかりではない。常識なき無頼の学生とさかりの付いた野犬の如きは共に林泉の破壊者として憎まなければならない。

……一度京都に来って東山の林間に逍遥すれば、何人と雖《いえども》永くこゝに此の幽趣を保存しようという官庁の訓示の当然なるに首肯するであろう。それと共にまた一般遊歩者の名山の草木に対していかに無情にして狂暴なる挙動をなすかを推測し得るであろう。人家の墻《かき》に果実の熟するを見れば必《かならず》石を投じ花の開くを見れば直にその枝を折らんとし、猫狗《びょうく》［猫と犬］の路傍に遊ぶに逢えば木を取って撲《う》とうとするのは、蓋《けだ》しわが国民性の然らしむる処、二千年来の教化も遂にこれを改めしむる力がなかった。……／仏蘭西《フランス》共和政府はフオンテンブロオ深林の老樹を保護するに医薬の費《ついえ》を惜しまないという事である。アナトールフランスの感想録に佳樹（Bel arbre）と静思（Calme pensée）とこの二者より麗しきものは世になしとの意を示した語があった。／……一度病樹の巷《ちまた》を去って松柏鬱然《うつぜん》たる京都に来るや否や、わたしはまず何より先にアナトールフランスが佳樹静思の一語を思出したのである。

祇園の垂糸桜《しだれ》は大分弱っている。粟田御所の大樟《くす》にも枝の枯れた処が見えている。その樹下を過る度にわたしは何とも知れぬ暗愁を禁じ得ないのである。

ここには帰国後の荷風が『新帰朝者日記』（同全集第四巻　昭和三九年）等に鋭く指摘した、当時の日本及び日本人の状況への不満と同じものが明確に窺える。荷風は列車の座席に股引や毛脛《けずね》を露出したままいぎたなく寝そべっていびきをかいている乗客たちを暗澹《あんたん》たる思いで眺めて、公共心のない日本人を「私生涯と公生涯との差別を知らない国民」と言い放つ。国民だけではなく、明治という時代をリードする政府や上層階級の「外形の方法ばかりを応用すれば、それで立派な文明は出来るものだと思って居る」浅薄さを突いて、明治の文明全体を「（一等国たらんとする＝引用者補）虚栄心の上に体裁よく建設された「偽善的な文明」」と断じる。

このいわば〝明治への愛想づかし〟が荷風をして江戸文化への趣味や、芸妓や私娼との淫楽を好んで描く彼の「文学」に入らしめたと思われる。しかしまた明治四三年の幸徳秋水らの大逆事件（本書「紫宸殿《ししんでん》南庭」の章参照）に際しての感慨があったことも指摘されている。『花火』（大正八年）に事件を振り返って、文学者たる者思想問題について黙していてはならない、ゾラはドレフェース事件に正義を叫んだため国外に亡命したと言い、次のように述べる。

「然しわたしは世の文学者と共に何も言わなかった。私は何となく良心の苦痛に堪えられぬような気がした。わたしは自ら文学者たる事について甚しき羞恥を感じた。以来わたしは自分の芸術の品位を江戸戯作者のなした程度まで引下げるに如〔し〕くはないと思案した」

（同全集第一五巻　昭和三八年）――と。この言辞の受けとり方はさまざまであろう。ただ言えることは、彼の戯作者を装う韜晦《とうかい》や遊蕩が荷風の全本質ではないということである。彼の花柳小説のみを見て――これにも独自の文学性や風趣のあることは言うまでもないが――荷風を評価することは、冒頭の稚ない「女子学生」と等しいと言わざるを得ない。

日記『断腸亭日乗』の価値

荷風の真価の一つは、『断腸亭日乗』と名づけられた日記にある。中断はあるものの大正六年九月一六日から、死の前日の昭和三四年四月二九日までの四二年間、書き継がれた。起筆当時起居していた大久保余丁町の邸の六畳間を荷風自らが断腸亭と命名したものである。日乗は日々の記録の意。全体が公表されたのは戦後であるが、自身の覚え書きと言うよりも、後世に残すものとの意識で書かれている。時に日本の文人らしいリリシズムで自然風景を簡潔に叙し、時に家庭を捨てた男の女達との放埒《ほうらつ》な生活や、世相風俗の見聞・噂《うわさ》話などをリアリズムで克明に綴るその描写は、他の追随を許さない。

またこの日記の価値を高めているのは、日中戦争の開始とともに非人間的、非文化的に堕ちて行った国家社会への批判、諷刺《ふうし》の痛烈さであり、それは結果的に近代日本の本質を暴いた文明批評になっている。この稀有《けう》な記録は、岩波文庫に二冊の抄本になっているが、大東亜共栄圏の建設を謳《うた》い、戦線を中国・東南アジアに広げた、太平洋戦争中の日記の一部分を引用する。

（一八年＝引用者補）六月廿五日。……歌舞伎座にて『真景累ケ淵《しんけいかさねがふち》』も過日禁止となりしがその理由は人の殺されて後化けて出るは迷信にて、国策に反するものと言ふにある由なり。……人心より迷信を一掃するは不可能の事なり。近年軍人政府の為す所を見るに事の大小に関せず愚劣野卑にして国家的品位を保つもの殆《ほとんど》なし。……現代日本の如き低劣滑稽なる政治の行はれしことはいまだかつて一たびもその例なかりしなり。かくの如き国家と政府の行末はいかになるべきにや。

七月初五。晴。……近頃の流行言葉《はやりことば》大東亜とは何のことなるや。極東の替言葉なるべし。支那印度赤道下の群島は大の字をつけずとも広ければ小ならざること言はずと知れたはなしなり。Greatest in the world などと何事にも大〻の大の字をつけたがるは北米人の癖なり。今時北米人の真似をするとは滑稽笑止の沙汰なるべし。

十月十二日。……数日前より毎日台所にて正午南京米《ナンキンまい》の煮ゆる間仏蘭西訳の聖書を読むことにしたり。……去年来余は軍人政府の圧迫いよいよ甚《はなはだ》しくなるにつけ精神上の苦悩に堪えず、遂に何らか慰安の道を求めざるべからざるに至りしなり。耶蘇教は強者の迫害に対する弱者の勝利を語るものなり。この教は兵を用いずして欧洲全土の民を信服せしめたり。現代日本人が支那大陸及南洋諸嶋を侵畧せしものとは全くその趣を異にするなり。

（一九年＝引用者補）五月廿七日。雨ふる。この頃鼠の荒れ廻ること甚し。昼の中も台所に出で洗濯シャボンを引行くほどなり。雀の子も軒にあつまりゐて洗流しの米粒捨てるを待てるが如し。……東亜共栄圏内に生息する鳥獣飢餓の惨状また憫《あわれ》むべし。燕よ。秋を待たで速《すみやか》に帰れ。雁よ。秋来るとも今年は共栄圏内に来る莫《なか》れ。

（『摘録　断腸亭日乗』下　昭和六二年　岩波文庫）

軍人政府の低劣な文化政策を糾弾し、戦争のスローガンとなった「大東亜共栄圏」の虚名たることを、戦争相手の真似をしていると皮肉を込めて暴く。また現代日本の目指す政策は、畢竟《ひっきょう》「武力侵略」で、いわば日本の文明の底の浅さを露呈していると言うのであろう。大正一九年の章は戦争末期の日本列島の飢餓を、軍人政府の責任として印象的に告発している。多くの読者にとって、あの戦時下にこういうことを書いた文学者がいたことは驚きであるに違いない。

川端康成のクスノキ

「青蓮院のクスノキ」に注目した文豪に川端康成があったことは前に述べた。彼は画家東山魁夷の『京洛四季』のシリーズに魅かれ、昭和四四年に「都のすがた——とどめおかまし」（『京洛四季』新潮社）という文章を書いた。「晩秋に青蓮院の大楠は若葉の色にひろがりて照る」という歌を詠み、「晩秋」なのに「若葉の色」の青い葉のしげりに、冬の真昼の日の光が葉漏れる老大樹の若い生命に感動した。東山の作品『樹根』を思い出し、その樹根も目の前の青蓮院の樹根も、自分は自然と人間との長久永遠のいのちの象徴と受け取ったとする。川端のクスノキは、荷風のよりもさらに生命力に溢れている。そしてクスノキに「妖怪」「妖異」の要素も見ていることが特徴である。

川端は京の双子の姉妹を主人公とした小説『古都』に、姉の千重子が養父母とともに青蓮院のクスノキを見に行く場面を入れている。

芥川龍之介の青蓮院

さてこの荷風や川端の青蓮院とは対照的な、その静寂を書いたとも言える芥川龍之介の文章を紹介する。


小堀遠州の作った青蓮院の庭を、案内の老人と一しょに、ぶらぶら歩いて見た。庭は若葉の下に、うす暗く水気を含《ふく》んでいる。雨もよいの空を抑《おさ》えて、梢の重《かさな》り合った中に、黄色いものの仄《ほの》めくのは、実梅《みうめ》でもあろうか。茶室へ行く門をくぐる時に、ぼたりと音がして、麦藁帽子へ落ちたものを見ると、大きな美しい毛虫であった。

古《ふる》庭はよいものである。殊《［こと］》にこの青蓮院の庭はなつかしい。二度来、三度来た自分でさえ、この若葉のかげを歩いていると、今更のように世間《［せけん］》［原本のルビ：せせん］を雨雲《あまぐも》の向うへ、隔ててしまったような心もちがする。……自分は洋服の尻を茶室の椽《たるき》［縁］に下して、もの静《しずか》な庭内をすかし見ながら、西洋の巻煙草へ火をつけた。煙は冷《ひややか》な空気の中に漂って、容易に流れて行く気色《けしき》がない。

自分の後《うしろ》には、応挙の描《か》いた襖《ふすま》がある。……ここにいて、茶を立てたり、香《こう》を品《ひん》し［よしあしを定める］たりしていたら、多分《たぶん》は五月雨《さみだれ》になったのも、青く苔の蒸《む》した手水鉢の水嵩《みずかさ》を見て、始《はじ》めて知るようになるであろう。――それ程すべてが動かない。それ程すべてが、閑寂な世界の中に、じっと息をひそめている。

あらゆる芸術は、こう云う独特な世界を造るから尊い。……自分は唯、木米《もくべい》［江戸後期の陶工］の茶碗の手ざわりを愛するように、その美しさにひたされていさえすれば好《よ》い。出来得べくんば、何時《いつ》までも――いや、案内《あんない》の老人は、既に待ちくたびれたと見えて、蜘蛛の巣《す》を払いながら、更に庭の奥の方へ自分をつれて行こうとしているではないか。……

芥川は大正七年勤務していた横須賀海軍機関学校から関西へ出張の際、京都を訪れて

「京都日記」を大阪毎日新聞に寄稿する。「光悦寺」「竹」「舞妓」の三編からなるが、ここに示した「青蓮院の庭（仮）」という断片が別に存在し、「京都日記」の別稿と推測されている（『芥川龍之介全集』第二二巻の「後記」）。未完成の断片ながら、茶室へ行くとき、麦藁《むぎわら》帽子にぽたりと音がして、大きな美しい毛虫が落ちて来た――というあたりは芥川らしい才気がある印象的な文章である。

庭は龍心池を挟む「泉水庭」が相阿弥の作、霧島躑躅《つつじ》が咲く「霧島の庭」が小堀遠州の作という伝承がある。芥川が縁に腰を下ろした茶室は「好文亭」と思われる。現在の建物は、放火による焼失後の平成七年に再建されたものだが、焼失前ここに「応挙の描いた襖」がかつてあったかどうかは不明である。

青蓮院は応仁の乱（一四六七）の戦火に焼かれ、近くは明治二六年の火災で諸堂を失ったから、歴史に比して古い建造物はない。しかし寺宝の一部は無事で中でも国宝『不動明王二童子像』は「青不動」と呼ばれ、高野山明王院の「赤不動」、三井寺の「黄不動」とともに日本三不動とされる有名な密教絵画である。

芥川がこの〝御不動様〟を拝んだかどうか、未完の断片はそれを語らない。

第六章　竜安寺《りょうあんじ》〈石庭を読み解く〉

志賀直哉　井上靖　立原正秋

古代からの一等地

現在竜安寺のある京都市北部の衣笠山《きぬがさやま》の山麓一帯は、古代からある種の一等地であったと思われる。時代の支配者たちが山荘を営み、そこに寺院を建立しようとしたとき、この一帯は格好の立地条件を備えていた。それはおそらく後背する北の山があまり高くなく、都の中心からさほど離れていない、清幽の地ということではなかったか。金閣寺、竜安寺、仁和寺《にんなじ》は、その一等地の遺構が今に伝わっているわけで、現代の京都において、この寺々を繋ぐ道が「きぬかけの路」という愛称を付けられて観光スポットの一つになっているのは、それぞれの寺の見るべき目玉もさることながら、この地勢学?上の魅力が今も生きているのではなかろうか。南が開けていて明るいイメージがあるのだ。

それはともかく現在の竜安寺の位置に初めて本格的な寺を建て、かつ住んだのは平安時代の円融天皇である。円融天皇は、清少納言や紫式部が女房として宮仕えした摂関家の藤原道隆・道長がその全盛を迎える直前の時代の天皇であった。彼は永観元年（九八三）に御願寺《ごがんじ》である円融寺の落慶供養をしている。これが竜安寺の前の、さらにもう一つ前の寺である。建物は変わっても池は同じ場所というのが多いと言われる。『扶桑略記』には円融寺の伽藍《がらん》を「池を距てて西に」つくったとあるから、今の竜安寺の鏡容池は、円融寺が作られる以前から存在した自然の池であった可能性がある。現在竜安寺の裏山には、円融の皇子や皇孫にあたる天皇達の陵墓がある。

次の支配者は院政期に鳥羽上皇の后《きさき》として、崇徳・後白河両天皇を産んだ待賢門院璋子を出した左大臣藤原実能《さねよし》などの徳大寺家であった。実能はこの地に山荘を持っていたが、その域内に徳大寺という寺を建立、徳大寺殿と呼ばれた。実能は待賢門院の同腹の兄であったから、后を後ろだてとした彼の権勢は並々ならぬものであった。なお歌人西行は出家以前にこの実能の家人であったという。西行の待賢門院への恋は最近有名になっているから、昨今の、時に大胆過ぎる史実離れが見られるNHK大河ドラマ流の脚本にすると、彼らが最初に出合ったのは、この徳大寺——それが石庭で有名な今の竜安寺。恋の物語の舞台になるほどだから、枯山水もこのころは「枯れてはいなかった」というようなストーリーになるかもしれない。

冗談はさておき、この徳大寺の地に竜安寺が登場して来るのは、一五世紀半ばの室町時代であった。宝徳二年（一四五〇）、室町幕府の実力者細川勝元が、徳大寺山荘の跡に、時の高僧を開山として建立したものである。（この僧は妙心寺の僧だったから、竜安寺は今も臨済宗妙心寺派に属する）。勝元は将軍を補佐し政務を統括する室町幕府の最高の職であった管領《かんれい》を務め、有力な守護大名たちが二分して争った応仁の乱（一四六七）の東軍の主将であった。今の竜安寺方丈の北に勝元の墓がある。一一年も続いた応仁の乱で、都は壊滅状態になったが、細川氏によって一五世紀末再興された。石庭が造られたのは、このときと一般に考えられているが、時代と作者については諸説があり、あえて深入りしない。

石庭公開は戦後

さて、方丈（本堂）の前庭である枯山水の石庭は、今や名庭として国際的にも名高い。しかしこの庭が一般の人々に注目されたり、文筆によって論《あげつら》われるようになったのはそんなに昔のことではなかった。今、手元に明治四四年の金尾文淵堂発行の旅行案内『畿内見物　京都の巻』（復刻版／『コレクション・モダン都市文化』第六二巻　平成二一年　ゆまに書房）があるが、その中の高安月郊――当時の歌舞伎《かぶき》などの劇作家――の「紫の都」という文章には、竜安寺の項はあるが石庭のことは全くない。高安によれば、訪れたとき寺の中門はしまっていた。つまり石庭は一般人に見せるものではなかったのである。

この章では、志賀直哉の文章を中心に、井上靖、立原正秋のものも取り上げるのであるが、戦後派の立原は別として、志賀がこの「竜安寺の庭」を書いた大正一三年、井上が学生時代に友人とよくここを訪れた昭和八、九年は、まだ公開されていない時代で、彼らは特別に許可を得て石庭を眺めたはずである。

常時の公開は太平洋戦争後のことで、当時の住職の判断であったという。理由は財政の逼迫《ひっぱく》であった。竜安寺に限らず、全国の寺院の疲弊の大きな原因は明治維新のときの神仏分離、廃仏毀釈に遡《さかのぼ》る。幕府から朱印地として私有を認められていた田畑や山林が国有とされたのである。寺社の財政上の困窮がその所有する文化財の知名度や価値の増大に繋がったという、皮肉な事例であった。

ともあれ、竜安寺の石庭には国内からも外国からも人々が押し寄せ、「禅の庭」の最高の傑作として、さまざまの「よみ」がなされたのである。ここでは、宗教家や庭園史の専門家のものではなく、我々一般人の心にはストレートに入って来る三人の「作家のよみ」を取り上げる。

志賀直哉の〈石庭論〉——自然界・人間界の比喩的象徴——

まず「小説の神様」として、読者だけでなく、多くの作家達から尊敬された志賀直哉の「竜安寺の庭」をのぞいてみよう。大正一三年四一歳のとき書いたものである。雑誌『女性』に口絵「竜安寺相阿弥の庭」の解説として掲載された。この石庭を文章で論《あげつら》った、いわば先駆けと言ってよい。

竜安寺方丈《りようあんじほうじよう》の庭は相阿弥《そうあみ》の作で、一樹一草も使わぬ石だけの庭である。大小十四の石が五十余坪の平地に五つのかたまりに置かれてあるだけの庭である。

庭に一樹一草も使わぬという事は如何にも奇抜で思いつきのようであるが、吾々はそれから微塵《みじん》も奇抜とか思いつきとかいう感じを受けない。それは相阿弥の作する動機の深さから来る。自分の想像によれば此《この》庭に一樹一草も使わなかった事は相阿弥の最初からの計画ではなく、散文的である事を極端に嫌う心持から自然に到達した結果ではないかと思う。一樹一草も使わぬという事は勿論其《もちろんその》庭に一樹一草もない意味ではない。吾々は広々した海に点在する島々を観、島々に鬱蒼《うつそう》たる森林の茂るのを観る。僅《わず》か五十余坪の地面に此〔この〕大自然を煮つめる為めにはこれは実に、相阿弥にとって唯一の方法だったに違いない。

自分は桂《かつら》の離宮の庭が遠州《えんしゆう》の長篇傑作であるとすれば、これはそれ以上に立派な短篇傑作であると思う。これ程に張り切った感じの強い、広々した庭を自分は知らない。然しこれは日常見て楽しむ底《てい》の庭ではない。楽しむにしては余りに厳格すぎる。

しかも吾々の精神はそれを眺める事によって不思議な歓喜踴躍《かんきようやく》を感ずる。

志賀直哉は明治一六年宮城県石巻町に生まれた。父直温は第一銀行に勤めていたが、直哉二歳のとき一家は上京、父は総武鉄道、帝国生命保険の取締役を務めるなど次第に実業家として重きをなした。祖父直道は相馬藩の旧藩士で、家令として主家再興のため尽くし、足尾銅山の開発などを行った。直哉は小学校から学習院に入学、高等科卒業後は東京帝国大学文科大学に入学した。明治四三年二七歳のとき、学習院時代の友人である武者小路《むしやのこうじ》実篤《さねあつ》、有島武郎などと同人誌『白樺』を創刊した。彼等は「白樺派」と呼ばれるようになるが、その自我を尊重し、人間の可能性を信じる理想主義的な文学は、自然主義全盛下の文壇に清新の気を吹き込み、大正文学の主流の一つとなった。その中心的存在が志賀で、教科書にもよく取り上げられた『清兵衛と瓢簞《ひようたん》』『焚火《たきび》』『城の崎《き》にて』『小僧の神様』などの彼の著名な短編はいずれも大正期のものである。（長年書き継がれた『暗夜行路』も大半が大正期のもの）。

名庭中の名庭たるこの石庭に対して、「小説の神様」は何と言っているのか。

志賀はまず庭に一樹一草も使わないというのは、奇抜さを狙《ねら》ったわけではなく、また単なる思いつきでもないとし、作者の作庭の思案の中から自然に――必然的に――生み出されて来たものであろうと言う。計画的なものではなく、つくるという行為をする中に生じて来たものだと言うのである。ここには、創造行為の秘密――創造はあらかじめ考えていた青写真どおりに生まれるのではなく、自分の心の内なる葛藤や深化から生まれる――とでも言うべきものを経験的に認識している芸術家がいる。小説家としての体験から感じたものから、志賀は作庭家の創造を類推している。また狭い庭に大自然の姿を凝縮して表すためには、こういう方法――石と砂しか使わない――しかなかっただろうと言う。

志賀はこの石庭をどう読んだか。彼は「吾々は広々した海に点在する島々を観、島々に鬱蒼たる森林の茂るのを観る」と言う。白砂に海を、石に島々を、その苔《こけ》むした緑に森林を感じている。これは形状や色に類似を見ているわけで一種の「比喩」としてよいが、庭全体はこの世界を「象徴」的に表したものと考えているのだろう。しかし「象徴」であっても、この対象と表現の間には飛躍や距離がない。至って常識的な類似で二つのもの（例えば石と島）は結びついている。これは「比喩的象徴」とでも言うべきであろうか。

またこの「象徴」は、この庭の解釈としてよく言われる虎の子渡しとか、五智五仏や十六羅漢の遊行の図などという仏教的な見立てを全く離れている。そして彼がここに感じる「世界」は、単に自然世界だけでなく、我々が生きる人間世界をも含んでいよう。志賀は明示はしていないが、島々を浮かべる大海に人生を重ね合わせている。こういうところに志賀の見方の新しさがあった。

志賀はさらに桂《かつら》離宮の庭を長編小説の傑作だとすると、これは短編小説の傑作だとする。小さく狭い庭であるが故に中身に張りつめた緊張力があり、それでいてせせこましくならない広さがあるところがこの庭の良さだと言う。日常見て楽しむためには、心を和ませる草木や水がないから、厳しい庭であるが、それでいて見る者の精神を喜ばす庭であると言う。この喜びは、想像するにいわば優れた短編小説を読む喜びと同種のものと志賀は言いたいのではないか。優れた象徴を見るような、いわば理知的な喜びと言える。短編小説に優れた作品を多く書いた志賀らしい評言と言えよう。

ただ九〇年近く前のエッセイであるから、その後の庭園史研究の進展もあって、ここに書かれた事実については、若干の補足的説明が必要である。まず最大のものはこの庭の作者を相阿弥としている点である。相阿弥は室町後期の絵師で、東山文化の成立に重要な役割を果たしたところから、江戸の初期に数寄の宗匠と仰がれ、庭園の作者にも擬せられた。現存の石庭の成立年代についても、室町時代ではなく、江戸時代に下るという説も根強い。竜安寺石庭の作者は諸説あるも不明と言うのが最も正しいようだ。桂離宮の庭の作者を小堀遠州とするのも今日では彼に仮託された伝説とされる。

なお石の数を一四個とするのは、この後引用する井上靖も立原正秋も同じであるが、これは方丈の縁側からは、最も右手にある一群の中の一つが大きい石の蔭に隠れて見えないためで、実際は一五ある。また石庭の面積を五〇余坪とするが、現代の計測では約二五〇平方メートルで、七五坪強である。

志賀の芸術の見方

この後に続く一節で、志賀は大徳寺大仙院及び南禅寺の石庭に触れ、竜安寺石庭には及ばないとする。続いて、相阿弥が石だけの庭を残して置いて呉《く》れた事は後世の者には幸《さいわい》だった。木の多い庭ではそれがどれだけ元の儘《まま》であるか後世では分らない。……そういう意味で竜安寺の庭程原形を失わぬ庭は他《ほか》にないだろう。此庭では吾々は当時のままでそれを感ずる事が出来る。只《ただ》左の白壁と白壁の前の鍵形に入り込んだ溝とが恐らく当時のものではないように思う。あの白壁が全面及び右側の土塀と同じであったらもっとよき効果があるに違いない。低い厚みのある土塀が右側から流れるように下がっているのも大変いい。土塀の色も気持がいい。

竜安寺は京都市外花園村《はなぞのむら》にある。北野で電車を降り、西へ七八町行った所にある。

と結ぶ。石だけの庭だから、成長したり、枯れたりする植物を持つ庭よりも、原形を最も伝えるはずだという指摘は、常識からいってそのとおりであろう。しかし、石庭だから全く変わっていないと断ずることには、危険も感じる。変わっていないと言うためには、やはり竜安寺の庭についての、歴史的な通観や考証が必要であろう。それを省いている点に、志賀の直線的な、あるいは主我的な個性が感じられる。縁から向かって左側の「白壁」と「鍵形に入り込んだ溝」についての感想は妥当と思われる。竜安寺は寛政九年（一七九七）に失火で焼失、妙心寺の塔頭《たっちゅう》の一つ西源院の方丈を移築したことが明らかなので、その際に修理変更があったことは充分考えられる。土塀についての感想も印象をずばりと言ったもので、いったいに自分の感じに率直で、正直である。

志賀は白樺派の作家達がそうであったように、美術についての関心は高かった。志賀はこの「竜安寺の庭」の二年後の大正一五年に自分の好きな古美術の写真集『座右宝』を出したが、この本についてこんなことを書いている（「『座右宝』に就いて」）。三年前から関西に住んでいて、東洋の古美術を見るために自分ながらまめと思うほどよく京都と奈良を歩いた。小説を作るという本業だけを心掛けていて、古美術を見るのは、素人の立場を出ないことをかえってよしとしていた。そういう美術品に対して自分が要求するのは、それによって「自分の心が如何に気持よく震い動かされるか」という点にある。そして芸術の見方は、「せんじつめればこれ以外はない」と思っているというのである。

また戦後、岩波書店の『少年美術館』のために「美術の鑑賞について」という一文を書いて、美術鑑賞の方法は色々あるが、経験から言うと、「総《すべ》て自分の実感に頼って、それで素直に理解し、段々に進んで行くのが一番安全な正しい方法だと思う」と言う。美術研究家が細かい知識を詳しく書くので、そこまで知らないと美術を理解できないと思ってしまう。そのため「知る」に急になって、作品から直接「感ずる」ことがおろそかになると言うのである。

こういう彼の美術への対し方には、次のような特徴がある。第一に、その作品によって自分の心が如何に気持ちよく震えるかが、その芸術性を判断する物差しであり、その物差しに強い自信を持っていること、即ち主我的であることである。第二に、作品そのものから直接感じることを大事にし、専門家の知識などで作品を見ないこと、即ち自己の実感の尊重である。この志賀の美術への姿勢が「竜安寺の庭」というこの小品にも紛れもなく表れていよう。

そしてこれは、美術に対する姿勢に留まらず、人間や社会——小説家志賀直哉の見るものすべて——に対する姿勢であり、また行動の根本原理でもあったのではないだろうか。

「強く確かに立っている」人

評論家の中村光夫はその『志賀直哉論』（昭和二九年　文藝春秋新社）の中でこう言う。「大正期の作家のうち、志賀直哉ほど生きた影響を深く現代文学に与えている人はいません。鷗外、漱石といえどもこの点では到底彼に及ばないのです。／……今日小説の筆をとる者で、志賀直哉に何等かの形で畏敬の念を持たぬ者はおそらくいないのです」――。

また川端康成は、新書版『志賀直哉全集』（昭和三〇年）の解説の中で「文学の源泉」と題してこう書く。「……／これは私ばかりでなく、私より一時代前の菊池さんや芥川さんなども、志賀さんを尊敬し、私と同時代の横光君その他もそうであった。志賀さんの作品があってはかなわないと考えた、後進の作家も少くなかった。その露骨で顕著な例が織田作之助君や太宰治君などであるのは周知である。とにかく多くの新しい作家は、志賀さんの強く確かに立っているのが、啓示でもあり苦痛でもあったものだ。私は志賀さんに反発を感じないが、強いて反抗しようとして、自分の崩壊を招く者もあった。／いずれにしろ、その出発に志賀さんを問題としない作家は稀なほどだった。したがって、現代日本文学の不動の中心は、志賀さんであったとも言える」（『川端康成全集』第三四巻　昭和五七年　新潮社）――。

作家達の畏敬《いけい》や尊敬、そして反発は、この志賀の主我的な自己主張によって「強く確かに立っている」ことに対するものであっただろう。織田作之助や太宰治《だざい》が志賀に対して含むことがあったのは有名な事実で、太宰は自身の『斜陽』の中に登場する貴族の女性の言葉づかいを、学習院出身の志賀から「山出しの女中のよう」と酷評され、「如是我聞」（昭和二三年）で志賀に感情むき出しの反撃を加えている。『夫婦善哉《めおとぜんざい》』で知られる織田は作品を「きたならしい」と非難されて、「可能性の文学」（昭和二一年）で志賀批判を展開している。川端はそれらを彼等の志賀に対するコンプレックスの表れと見ているのであろう。

こういうエピソードを知ると、読者は志賀を意地の悪い老人としてイメージするかもしれない。しかし志賀が太宰の入水自殺直後に書いた「太宰治の死」を読むと、彼は「太宰君が心身共に、それ程衰えている人だという事を知っていれば、もう少し云いようがあったと、今は残念に思っている」（『志賀直哉全集』第七巻　昭和四九年　岩波書店）と率直かつ正直に書いている。太宰には酷かもしれないが、「如是我聞」の穏やかならざる感情的な文章と比べると、人間のスケールが違うという感すらがある。

ついでにエピソードを一つ加えると、私も志賀直哉については、強烈な印象を持った一つのささやかな思い出がある。上野の国立博物館の近くで、夫人とともに歩いている志賀の姿を偶然見かけたことがある。昭和三三、四年のことで、国宝を集めた展覧会が行われていて、志賀はおそらくはそれを見に来たと思われる。和服の白い髭《ひげ》の、姿勢の正しい威厳のある姿は一目で志賀と知れたが、彼は同行の夫人のことなどは全く意に介することなく、頭を真っ直《す》ぐに上げて一人悠然《ゆうぜん》と歩いており、夫人は何歩も後から、小走りにあとをついていくのである。「明治の男」と言ってしまえばそれまでだが、主我的な自己によって「強く確かに立っている」彼の姿勢を象徴していたとも思えるのである。

「竜安寺の庭」は、志賀文学の中の一滴の水とも言える小品であるが、その分析は、水源を同じくするすべての水の性質を明らかにするものかもしれない。

井上靖の〈石庭論〉——庭の作者の内面と精神に注目——

竜安寺の石庭について、作家で志賀の後に続いたのは、井上靖である。昭和二一年に

「石庭――高安敬義君に――」と題する詩が、『京都大学新聞』五月二一日号に、短い文章とともに発表された。後に詩の分かち書きがなくなり、散文詩仕立てとされて散文詩集『北國』（昭和三三年）におさめられた。ここでは「美しきものとの出会い」（昭和四四年）の中の原詩の形を残すものを引用する。高安敬義は戦争末期に戦病死した、井上の京大哲学科の友人で、彼等は昭和八、九年のころよく一緒に竜安寺に行った。

むかし／白い砂の上に　十四個の石を運び／きびしい布石を考えた人間があった。／老人か若い庭師か／その人も　その人の生涯も知らない／だが　草を　樹を　苔を否定し／冷たい石のおもて許りを見つめて立った／ああ　その落莫たる精神。
ここ龍安寺の庭を美しいとは　そも誰が言い初めたのであろう。／ひとは　いつも　ここに来て／ただ自己の苦渋の余りに小さきを思わされ慰められ　暖められ／そして美しいと錯覚して帰るだけだ。

注　散文詩集『北國』では「苦渋」が「苦悩」とあらためられた。

この詩は、いかにも詩人井上らしく抒情性《じょじょう》が色濃い。周知のように井上は新聞社の美術記者から小説家となったが、その前は専ら詩作をしていた。詠嘆であるが故に感傷に傾きがちでもある。終戦直後という時代、友の若き死を悼む心が強烈にあったから、余計そうなのであろう。最も注目すべきは、庭を作った人間の精神や内面を見た点である。井上は「私はこの石庭によって、初めて庭師という庭を造る人の精神に触れたのであり、そういうものが美というものの底に厳としていすわっているのを知った」と言う。作者の厳しい精神性、内面性があって初めてそこに美があると言うのである。近代以前の庭という作品を芸術として現代の眼で見ている。志賀が見せた視点をさらに押し進め、この石庭を現代にも通じる芸術として確立させたと言うべきか。

立原正秋の〈石庭論〉——禅僧の荒《すさ》び——

立原正秋が三一歳の青年であった昭和三二年に、同人雑誌『近代』にこの石庭を論じた。約二〇年後、それを引用しつつ、「日本の庭」（『芸術新潮』昭和五一年　新潮社）に次の文章をまとめた。立原らしくかなり挑戦的なところがある。

方丈を見終り、再び石庭に面したときにぼくは、家のなかの暗さをすくうために白砂の庭を造ったんではないかと思った。……言いかえれば物の実用性の面から石庭を見たのである。まわりは鬱蒼とした森だし、家の造りそのものがすでにたいへん暗い。当時はもっと森が鬱蒼としていただろう。とすれば、作者はたいへんな合理主義者であったということになる。禅がどうの、悟りがどうの、作者はそんなことは考えていなかった。暗さをすくうために石庭が造られたと考えたときに、ぼくはこれはたしかにすぐれた庭園術師だと思った。石の庭ではない。砂の庭である。石の配置がどうの、それが島を表現しているの、やれ海だ、山だ、虎の子渡しだなんて、てんでみんな後世の人間のでたらめなつくり話である。砂だけではフゼイがないから石を配置しただけにすぎない。……庭があるためには、それがもつ実用性が第一に問われ、次に造型性が問われるべきである。……

龍安寺の庭は禅僧の荒びにすぎない。誰の発想なのかはわからない。……〈都林泉名勝図会〉によると「庭中に樹木一株もなく、海面の体相《ていそう》にして中に奇岩十種ありて島嶼《とうしょ》に准《なぞら》へ真の風流にして他に比類なし」とあり、添えてある絵は現在の庭と変っていない。庭を、武士が一人、僧が四人、いずれも風流人らしい姿でそぞろ歩きしている。「風流にして他に比類なし」を当世の人達がこの庭にきびしさを感じているのと比べてみると面白い。／……よく見るとこの庭は実に美しい。美しいが厳しくはない。そして抽象的だが象徴的ではない。

庭はまず実用性が問われ、それから造形性が問われるべきだと立原は言う。造形性は芸術性と言い換えてもいいだろう。作者の精神とか内面とかは問題にせず、ましてや砂や石の意味などは「後世の作り話」と言う。作者に芸術家を見ず、「禅僧の荒び」と切って捨てる。ただこの石庭の風流の美は認めている。それは抽象の美と言ってもいいだろう。

志賀直哉の「竜安寺の庭」を引き、「私は庭についての志賀の無知を責める気はない。素直ないい文章だし、この潔癖な小説家が私は好きである。この人は直感の鋭い人だが、言っていることがあたらない場合がある。前後左右が見えない人のようである」――といったいかにも立原らしい尖《とが》ったもの言いが見られるが、前掲の川端の文にあった文壇の最高峰的な存在に対して、若い作家が感じた圧力の裏返しとも言える。

立原正秋は一九二六年現在の韓国慶尚北道に生まれた。昭和四一年『白い罌粟《けし》』で直木賞を得た。日韓に跨《また》がる数奇な生い立ちに根ざしたと思われる、ある心の飢えと激しさが登場人物に投影され、魅力的なキャラクターを作った。自伝的な要素が強い新聞小説『冬の旅』は圧倒的な読者の支持を得た。能、陶磁器、庭などの愛好が生んだ〈美〉への鋭い感性も加わって、『残りの雪』『春の鐘』などの中間小説的な恋愛小説は特に人気が高かった。

立原の文中の『都林泉名勝図会』は寛政一一年（一七九九）に出された京都の名所案内で、そこに載せられた絵図は竜安寺石庭の最古の図であり、この庭を考える上の最大の基礎資料である。立原が言うように、庭の様子は現在とほとんど同じで、庭の上を人々が歩いているのがなにやら新鮮である。立原の「いったい禅と庭とは本当にかかわりがあるのだろうか」という問いなど、その〈石庭論〉はそれまでにない新しい視点があり、刺激的だと言えよう。

また引用末尾の「よく見るとこの庭は実に美しい。美しいが厳しくはない。そして抽象的だが象徴的ではない」とは、竜安寺の石庭に何か意味を持たせるのではなく、実用的に眺める一方で、純粋に抽象的な造形芸術として見るという現代的な視点を打ち出している。

石庭以外も眺めよう

竜安寺は石庭があまりに有名であるため、石庭以外の美を見落としがちである。油土塀の外側に、塀に沿ってしゃくなげの花株が数本ある。同じ塀の外側の枝垂れ桜は丈が高いので、方丈の縁から見ることができるが、しゃくなげは花の時季でも気づかれないことが多い。明るいピンクの花が油土塀のくすんだ色に実に引き立つ。方丈を出るとき、油土塀のすぐ外側を見るといい。

また寺域の西側の桜の林と、椿《つばき》、山桜、藤、菖蒲《しょうぶ》、睡蓮《すいれん》など四季の花々が見事な鏡容池も美しい。池の畔《ほとり》に佇《たたず》んで、円融寺、徳大寺、竜安寺とあるじは変わった、この池の一〇〇〇年の〈時間〉を想像してみるのもよいだろう。

第三部　庭②——御所・離宮

第七章　紫宸殿《ししんでん》南庭〈京の一〇日間〉

森　鷗外

大正天皇のご大典に参列

この文章は、大正四年京都御所で行われた大正天皇の即位の大礼に参列した鷗外が、新聞社の依頼により具《つぶさ》にその一部始終を記録し、「盛儀私記」として『東京日日新聞』及び『大阪毎日新聞』に発表したものである。

八年前に、夏目漱石が同じように京都に着いたときのことを書いた「京に着ける夕」（本書「下鴨神社」の章参照）と比較してみると面白い。例えば鷗外は東京駅を出発したが、漱石のときは東京駅はまだなく、新橋駅から出発している。

大正四年十一月八日、雨。夕に東京駅を発す。大礼に参列せむがために京都に往くなり。

九日、雨。朝京都に入り、出町橋東《でまちばしひがし》三丁目なる弟《おとうと》潤三郎の家に投ず。対門《たいもん》は西園寺公の邸宅の竹垣なり。楼の背後に叡山と大文字山とを望む。無隣《むりん》庵、西園寺邸、寺内、岡、大島諸将の旅舎に刺を通ず。

鷗外は京都の古寺や名勝について文章を残していない。公務出張の折の物見遊山と取られかねないものは残したくなかったのであろう。この「盛儀私記」は、主調は記録でありながら、無味乾燥の叙述に留まらず、文学者鷗外の眼や感覚が感じられる。鷗外はエッセイの中に入れられるのは心外だろうが、広義のエッセイと考えてもいい。格調高い文体は文豪鷗外に誠にふさわしい。

鷗外はこの年、五三歳、軍医総監で陸軍省医務局長であった。軍医の最高の地位にあり、陸軍省の中でも大臣、次官に次ぐ局長職の一人であった。夜行列車で東京を発った鷗外は、九日の朝雨の京都に着き、出町柳に近い弟潤三郎の家に入る。末弟で京都府立図書館に務めていた。

鷗外が到着の当日各所に名刺を置いてくるのは、みな彼の上司で、彼等も大礼のために京都に来ているのだ。今は公開されている無隣庵は維新の元勲で陸軍の大御所山県《やまがた》有朋の別邸、寺内（正毅）は日露戦争時の陸軍大臣、岡（市之助）は当時の陸軍大臣、大島（健一）は同次官である。こういう慣わしが当時あったのであろうが、鷗外が宮仕えの身であることを思い出させてくれる行動である。

御所の「門」と御苑の「御門」

明けて一〇日の大礼当日、この日は「即位式」とそれに先立つ「賢所《かしこどころ》御前の儀」がある。鷗外は御所に赴く。御所のことを整理して置こう。今の御所と、紫式部や清少納言が宮仕え女房として活躍した平安時代の内裏の場所は、同じではない。平安京造営時の御所は、今の御所の北西の方角二キロの丸太町通り千本西あたりにあった。一〇〇〇年の都京都には、戦火の他に落雷・失火も多数あり、公的な内裏がどの時代にも存在したわけではない。京都御所が平安京内裏の古制にならって、有職故実学者の考証をもとに再現されたのは、松平定信が老中であった寛政二年（一七九〇）であった。しかしこの御所も火事で焼失、同じ場所に寛政の造営を踏襲して、安政二年（一八五五）に再建したのが今日の御所である。

「京都御所」に周辺の「大宮御所」（皇太后の御所）、「仙洞御所」（退位の天皇の御所）、「京都迎賓館」（平成一七年竣工）を加えて、殿舎・庭園群が並ぶ広大な苑地《えんち》が現代の「京都御苑」である。外周は灌木《かんぼく》の植わる低い石垣で、北は今出川通り、南は丸太町通り、東は寺町通り、西は烏丸通りに面する。

御苑・御所を混同しないためには、門の区別がポイントである。御苑の門は、「今出川御門」「蛤《はまぐり》御門」などのように「御門」であるのに対して、御所の門は単に「門」である。「御門」は通行など暮らしに密接に関係したもので——例えば蛤御門はあるときの御所の火災の後造られたため、「焼けて口開く蛤」に喩えて愛称がついたという——御所の外からの、いわば民衆の視点による名称であった。だから尊いお方のいらっしゃるところの門ということで、「御」がつくのである。一方の「門」はそのほとんどが平安京内裏の古制による由緒ある名称であった。皇族や貴族達のいわば自身の門であった。

御所の庭は、御池庭、清涼殿の東庭、御内庭、藤や萩の壺庭《つぼにわ》などがあるが、何といっても紫宸殿《ししんでん》の前庭——左近の桜、右近の橘《たちばな》のある南庭——が別格である。これは眺めるための庭ではない。紫宸殿における厳粛な儀式と結びついた宮廷の庭であった。これから鷗外が記述する即位式などはまさに格好の例であろう。

賢所御前の儀と即位式のあるこの日、鷗外は弟の家を六時半に出て、車を南に走らせる(もちろん人力車である)。寺町通りを通って寺町御門から御苑に入ったのであろう。徒歩で建春門から御所に入り「春興殿」に到着した。ここで天皇自らが即位を賢所(三種の神器の一つ神鏡を奉安する)に報告する。「春興殿」はこの大礼のために造られ、今も日華門外に銅葺きの殿舎が残る。

賢所御前の儀を鷗外は相当詳しく描写しているが、今は省略する。感心するのは天皇の拝礼のとき、「此間物音なき時は雀の噪[さわ]ぐ声耳立ちて聞えぬ」という箇所である。今まで聞こえていた祝詞《のりと》や奏楽や振鈴が止むと、雀の噪ぐ声が聞こえてきたという描写は、この場の静寂と緊張が実際にそこに居た人間ならではのリアリティをもって伝わって来る。文学者の表現である。

即位式の紫宸殿南庭――大隈首相の寿詞――

午後から「即位式」が紫宸殿で行われた。大正天皇の即位式は近代国家日本の最初の即位式と言える。明治天皇の即位式は慶応四年（一八六八）、明治と改元される直前で、王政復古から間もない時期だったから従来の伝統によるもので、儒教色の強いものであった。明治維新以後、天皇の権威が絶対的なものとなり、日本古来の神道が中心になって来た最初の即位の大礼であった。

「紫宸殿」は御所の正殿で、前庭たる「南庭」を三つの門を持つ回廊が取り巻いている。紫宸殿に相対する南に承明門、東に日華門、西に月華門が開く。門と回廊の柱は朱塗りで御所の中で最も華やかな場所であった。白砂の南庭には、紫宸殿から見て左に「左近の桜」、右に「右近の橘」が植えられている。

以下は鷗外のこの文章のハイライトである。一見漢文調の読みにくい文体だが、大正時代の新聞読者は読みこなした文章である。ゆっくり読んでみよう。

午後二時三十分座を起ち、日華《にっか》門より紫宸殿《ししい》［原本のルビ：ししん］の東の軒廊《こんろう》、門の北側に進みて立つ。……殿上は西の方に黒き袍《ほう》を着たる皇族大臣の五六人、東の方に紫の唐衣《からぎぬ》に白き裳《も》を着けたる内親王若《［もし］》くは女王と覚しき方々二人の後姿見ゆるのみにて、高御座《［たかみくら］》は殿の東南角の白壁に遮《［さえぎ］》られて、毫《［ごう］》も見ることを得ず。晴れたる空の日は、承明《しょうめい》門と月華《げっか》門との中間に赫《［かがや］》きて、旗竿《きかん》の影《かげ》放射状に庭の東に印せり。時々西南の風軽く吹きて、青白の幔《まん》を飜《［ひるが］》せば、頭首日光を浴びて背に汗す。旧藩主亀井伯の式部官たるを以て、日華門内の白砂の上に、全身に日光を浴びて立てるをかへりみて、その勤苦を想ふ。警蹕《けいひつ》の声を聞きつる後、主上の御姿を拝せむと欲すれども能《［あた］》はず。次いで首相大隈重信左右より扶掖《［ふえき］》せられて西の階を下り、西の軒廊に沿ひて歩み、承明門に近き処に至り、庭の中央を進みて南の階の下に至る。此時勅語《［ちょくご］》微かに耳に入れども、其言句を辨ぜず、伯階を上りて寿詞《よごと》を奏す。音吐朗々として、聴くもの一句をだに失せず。伯階を下りて万歳旗《ばんざいき》の下に至り、万歳を三呼す。参列者皆これに応ず。時正に午後三時三十分なるを以て、全市の寺院は鐘を打ち、諸工場は汽笛を鳴らす。

伯来路を経て西の階より昇り、殿上の本位に復するに及びて、主上入御せさせ給ふと覚しく、復《ま》た警蹕の声を聞く。次いで故《もと》の朝集所に退き、第二車寄より車に乗りて出でぬ。

鷗外は日華門を入って北進し、左近の桜の東あたりの定められた位置に立つ。(この位置について、原文はもっと奥の「軒廊」だと言っているが、鷗外は「回廊」の意で「軒廊」と書いたと思われる。この日の子どもたちへの葉書には紫宸殿と南庭の略図を書き、左近の桜の横に印をつけ、「此処に立ちて拝観したり」と記している)。鷗外のところから、紫宸殿の殿上には西に黒い袍の皇族と大臣、東に紫の唐衣に白い裳の女性皇族が数人見えるだけで、天皇の玉座たる高御座は紫宸殿の角の白壁に遮られて全く見えない。太陽は承明門と月華門の間、即ち西南にあかあかと熱い。旛《はん》[縦長の幟《のぼり》]の竿が放射状の影を白砂の上に落としている。西南の風が吹いて張り巡らされた青と白の幔幕をひるがえす。鷗外は日ざしの強さに、故郷の津和野藩の旧藩主亀井家の当主[このとき茲常《これつね》]が、儀典を掌《つかさど》る式部官故に全身に日を浴びて庭上に立っている辛苦を思い心を痛める。

庭上に整列する供奉《ぐぶ》の人々は、武官の儀礼用の正装、即ち巻纓《けんえい》緌《おいかけ》の冠——後ろに垂れる纓を内側に巻き、扇形の飾りである緌を耳の所に着けた冠——をかぶり、脇を開けてある袍を着て、矢を入れる胡籙《やなぐい》を背負っている。鷗外は前列は平胡籙、後列は壺胡籙というところまで見ている。『大正天皇御即位絵巻』が残っているが、人々の縹《はなだ》・緋・黒の袍と、とりどりの色彩の旛が鮮やかで、華麗な王朝絵巻の舞台が用意されていた。

天皇・皇后の出入りの際の先払いである警蹕《けいひつ》の声（「オーシー」と言う）が聞こえ、天皇は高御座、皇后は御帳台にお昇りになる。紫宸殿の殿上にあった首相大隈重信が南庭におり、回廊に沿って承明門に至り、直進して紫宸殿正面の階段の下に立つ。「扶掖せられて」［わきをたすけられて］とあるのは、大隈が条約改正を進めていた外相のとき（明治二二年）、国粋主義者から爆弾を投じられて片脚を失っていたためである。興味深いのは、この後、大正天皇の勅語は微《かす》かに耳に入ったが、言葉は聞き取れなかったのに対して、大隈首相が紫宸殿の階段を上って申し上げた寿詞は、音吐朗々として聴くものにすべてわかったというコントラストである。大隈は演説の名手として知られていた。

大隈伯爵は階を下り、万歳旗のもとに立って万歳を三唱し、参列者一同がこれに唱和した。時まさに午後三時三〇分、全市の寺院は鐘を打ち、工場は汽笛を一斉に鳴らした。即位の大礼のクライマックスというべき瞬間であった。

この紫宸殿南庭は、春秋二回の公開期間中に参観して、庭の中に立ってみるのが一番いい。一〇〇年ほど前、早稲田大学創立者の大隈重信が首相としてこの庭に立ち、紫宸殿の階段を上り、即位した大正天皇に寿詞を奏し、万歳を三唱した。左近の桜の横で森鷗外が起立した高官たちの中にいて、一部始終を見ていた。ここはそういう歴史の一コマを幻視できる「歴史の庭」なのである。

鷗外の中休みの過ごし方

一一日は再び春興殿前の儀、一二日、一三日は大嘗祭《だいじょうさい》の前の準備の諸事があり、鷗外は臨席する必要がなかった。このいわば中休みの二日間、鷗外はいかにも彼らしい時間を過ごす。家族のための土産を買ったこと、そして今回の大礼に際して位を贈られた人達の墓を探し、詣《もう》でたことである。

京都滞在の間、鷗外は全集第三六巻（書簡）によると、子どもたち宛（四名連名）三通、妻しげ子宛一通の葉書を出している（母宛は残っていない）。子煩悩ぶりが窺われるが、日露戦争中の「やんちゃ殿」と呼んだ妻宛の手紙も有名である。

しかし、ここに母峰子《みね》が嚙《か》むと事態は複雑だった。まさに賢母であった峰子は、鷗外の愛情生活に深く関わった。鷗外は二回結婚しているが、離婚した最初の妻登志子が産んだ長男於菟《おと》は、四、五歳のころ鷗外に引き取られ、祖母峰子に観潮楼で育てられる。離婚後鷗外の身の回りの世話をした児玉せきは、峰子が周旋した。玄人女性と問題を起こさないように、またせきが子どもを産めなかった故に選んだと言われる。せきは、鷗外がしげ子を迎えるまで「隠し妻」と呼ばれる存在であった。『雁』の主人公お玉は、せきがモデルという説がある。

二人目の妻しげ子も、峰子がその美貌ゆえに進めた縁談だった。しかし、しげ子と峰子は不仲で、鷗外は日露戦争に軍医として従軍するが、留守の間しげ子は実家に帰り、観潮楼に住まなかった。夫婦仲は睦まじく、一人（不律）は夭折したが、茉莉《まり》、杏奴《あんぬ》、類《るい》が生まれる。鷗外は四人の子を等しく可愛《かわい》がったが、於菟の後ろにいる母峰子と、茉莉、杏奴、類の後ろにある妻しげ子の双方に常に気を遣った。この文章には「老母以下の家族」としか書かないが、ここに妻が含まれていたことは明らかで、家庭人としての鷗外のこまやかさを語る文章は、同時に彼が抱える嫁姑の問題を感じさせるものでもあった。

一方、今回の贈位者や学者の墓を訪う方は、鷗外にとって至福の時間であったはずである。若いときから歴史の考証を好み、福岡県小倉の師団軍医部長時代にも、公務の出張・視察の折に貝原益軒など古人の墳墓を訪れ、碑誌を写した。このときの京都では、かつての内裏修造の功績者日乗上人、神道学者山崎闇斎《あんさい》、儒学者の伊藤仁斎・東涯父子、国学者荷田春満《かだのあずままろ》など計一四名であった。墓参だけではなく、墓誌を写し、墓の位置を考定するもので、事実の検証という考証的態度は、好事家の域を超えて彼のすべての思考に通じる方法であった。晩年の『渋江抽斎』『伊沢蘭軒』などの史伝小説の世界が開けて行く必然がここにある。

秘儀「大嘗祭」

即位大礼の後半のメインは大嘗祭であった。天皇即位後の初めての新嘗祭《にいなめさい》——天皇が皇祖神にその年の稲の初穂を供え、神とともに食す儀式——で、天子一代に一度の大祭であった。稲作と王権の結びついた古代からの伝統的な神事であり、近時は一一月二三日に行われ、これが勤労感謝の日となった。即位大礼の中でも最も古式に則《のっと》るところの多い儀式である。

鷗外は沐浴《もくよく》更衣の後、堺町御門から御苑に入り、仙洞御所に仮設の大嘗宮前の幄舎《あくしゃ》に入る。鷗外は、大嘗祭の次第は有職故実・典礼の書にあるが、実際に召された者が見た様を伝えるのは、憚《はばか》りがあるが「今回参列を許させ給へる御恵を、広く人に分たむこと」にもなるので、以下大概を伝えるとする。この使命感が「盛儀私記」全体の記述を支えた、抜群の記憶力と記録力の源であろう。

御祭は夕《ゆうべ》暁《あかつき》の二度に行はせ給ふ。予が左幄舎第三列に参進せしも亦二度なり。かくて幄内にあること、初は午後六時三十分より十一時に至り、後は十五日午前一時三十分より五時三十分に至る。我等のために設けられたる左右の両幄舎は、大嘗宮の板垣の内にして、其柴垣の外なり。……席に着きて静かに四辺を顧みれば、幄舎は稍［やや］長き庇を出だし、その際［きわ］より四五歩前は柴垣にて限られたるを見る。……向ひなる柴垣の前は微暗く、左幄の上西南方にありと覚しき月は、地上に庇の影を落して砂地を縦断し、柴垣に近き一帯の淡き銀色をなせる地に、模糊たる松杉の影を印せり。……我等の坐せる幄舎の吊燈籠は、中に電燈を装置しありて、御祭の将《まさ》に始まらんとする時、一斉に滅《け》され、我等は只粛然として暗中に黙坐するのみ。我等の前は奥に主基殿《すきでん》のあるべき所なれば、夕の祭の間は始終見るべき色もなく、聞くべき声もなし。我等は遥に悠紀殿《ゆきでん》の方角より聞ゆる笛声と歌声とに耳を欹《そばだ》て、大礼使の官人の合図に従ひて随時に起立して拝礼しつるのみ。……暁の御祭の時に至りて、……最初に合図せられしは、掌典長の祝詞を読める時の起立なり。次は主上の廻立殿《かいりゅうでん》より主基殿に出御せさせ給ふ時の起立なり。此時彼幌《ほろ》の奥を右より左へ行く御菅蓋《おんすががさ》の影を微かに見まつりぬ。

注　儀式に関わるdetailは省略したところがある。

大嘗祭は臨時に造られる大嘗宮という宮殿において行われるが、その主な構成は悠紀殿、主基殿という相並ぶ二つの正殿［祭場］で、黒木［皮付きの丸太］で新造された。後ろに廻立殿があり、天皇はここで身を清めてから神事に臨んだ。悠紀殿・主基殿のまわりはまず柴垣で囲まれ、さらに廻立殿や幄舎等も含んで板垣がめぐらしてある。鷗外等はこの柴垣と板垣の間の幄舎に坐《すわ》っている。御祭は夕方と暁と二度行われ、夕は六時半から一時までの四時間半、暁は午前一時半から五時半までの四時間を要した。

ここで鷗外はあたりに見るものを詳述する。中でも「向ひなる柴垣の前は微暗く、左幄の上西南方にありと覚しき月は、地上に庇の影を落して砂地を縦断し、柴垣に近き一帯の淡き銀色をなせる地に、模糊たる松杉の影を印せり」の一節は、夕方から夜を徹して行われる大嘗祭の「幽玄」を美しい文章で伝える。

祭場で繰り広げられるのは、天皇が神と一体化して新たな存在に生まれるという神事であるから、その次第は秘儀である。つまり参列者には何も見えなかった。彼等のいる幄舎の吊燈籠の灯は祭事の始まるとき、一斉に消された。「我等は只粛然として暗中に黙坐するのみ」であった。夕の神事は悠紀殿で行われるため、目前の奥の主基殿は「夕の祭の間は始終見るべき色もなく、聞くべき声もなし」という有様で、悠紀殿の方から聞こえて来る笛の音と神楽の歌声に耳をそばだて、官人の合図によって起立し拝礼するのみであった。

主基殿に舞台が移る暁の祭になって、天皇が廻立殿から主基殿へお出ましになるとき、起立した鷗外の眼に、幌の奥を右から左に、天皇の頭上に差し掛けられた菅蓋の影が微かに動くのが見えただけであった。

この神秘のヴェールに包まれている大嘗祭を、鷗外はどう感じたのであろうか。「暗中に黙坐するのみ」、「見るべき色もなく、聞くべき声もなし」、「起立して拝礼しつるのみ」などの筆致には、燃焼しきれない気持ちが感じられる。

民俗学者の柳田国男（宮内省書記官で、このとき大礼使事務官）は「御大礼参列感話」の中でこういう。「参列員の中には御祭の夜遥に灯火を望み遠く風俗歌の聞ゆるのみで長時間暗中に粛然として参列しておったが毫も御祭りの御模様が分らなかったことは残念だと言うたものもあると新聞に伝えられたが、能く考えて見ますと一体神秘的に富める此神聖荘厳の御祭は上御一人を除くの外は多少の差こそあれ何人たりとも全部を拝観することは出来ない。之は無論のことで、このことは前以《まえもつて》大嘗会に関する書物が沢山出版せられたから其一でも、能く熟読しておったならばこう云う嘆声は当然洩れなかったろうと思う」（『柳田國男全集』第二五巻　平成一二年　筑摩書房）――と。「盛儀私記」を念頭に置いたか否かは不明だが、大嘗祭の神秘を肯定し、そこに価値を置く民俗学者の立場が明らかである。

鷗外は大嘗祭の神秘性を否定しているわけではない。医学という西欧の自然科学の粋とも言える学問によって、科学的合理的精神を学んだ彼が、歴史と神話、あるいは天皇制の問題をどう考えていたか――それは後の文に、鷗外の明治末から大正にかけてのいくつかの作品を取り上げるとき、触れたい。

夜を徹して朝五時半に終わった大嘗祭の後、弟の家に戻った鷗外は一〇時過ぎまで眠る。午後からは旧藩主を訪ね、弟と電車で伏見へ墓参に行ったりした。

翌一六日と一七日夜は大嘗祭の大饗、一七日昼間には紫宸殿や大嘗宮が拝観できた。鷗外は式典のとき、見えなかったものを確認している。一八日朝、京都を発った鷗外は夕方自宅に着く。そして「盛儀私記」を翌一九日には書き上げてしまう。京都で書き始めていたものだろうが、恐るべき恪勤《かっきん》ぶりである。

帰京の四日後の一一月二二日、陸軍次官大嶋健一に陸軍省の職を辞職する申し出をする。すでに大礼前に決意していたものであろう。

「盛儀私記」を書いた大正四年は、鷗外にとってどういう時期であっただろうか。直前の約五年間を見てみる。明治四四年から大正四年の時期にあたる。この間、『青年』『雁』『興津弥五右衛門の遺書』『阿部一族』『山椒大夫』などの代表作が生まれたが、同時に時代や社会との関わりの上で、重要な作品が書かれた。『ファスチエス』『沈黙の塔』『かのやうに』などである。いずれも明治四三年から四四年の大逆事件とそれに伴って生じた言論弾圧、思想弾圧に反応した作品である。

大逆事件は幸徳秋水らが明治天皇暗殺計画の容疑により検挙・処刑された事件で、多数の社会主義者・無政府主義者が逮捕され、一二名が死刑に処された。

この大逆事件の後、政府は文芸取り締まりに乗り出す。迎合するように東京朝日新聞は明治四三年九月から一〇月にかけて、「危険なる洋書」を掲載した。一例を示すと、「自堕落人生観の本尊」「頽廃詩人」としてベルレーヌ、ランボー、ポド《ママ》レールなど、作品としてイプセンの『人形の家』、トルストイの『復活』他を挙げている。鷗外自身もヴェデキントの『春のめざめ』を紹介したことを「春機発動小説と紹介者」として名指しされている。

これに対して鷗外は、『沈黙の塔』(明治四三年)を発表する。パアシイ族というゾロアスター教徒は鳥葬のために沈黙の塔を造る。「危険なる洋書」は、自然主義や社会主義を媒介したと称して、翻訳者、創作者、読者を殺し、その死骸《しがい》を沈黙の塔に運ぶことに他ならないと鷗外は糾弾する。

芸術の認める価値は、因襲を破る処にある。因襲の圏内にうろついている作は凡作である。因襲の目で芸術を見れば、あらゆる芸術が危険に見える。……/学問だって同じ事である。/学問も因襲を破って進んで行く。一国の一時代の風尚に肘《ひじ》を掣《せい》せられていては、学問は死ぬる。……/芸術も学問も、パアシイ族の因襲の目からは、危険に見える筈《はず》である。……新しい道を歩いて行く人の背後には、必ず反動者の群がいて隙を窺っている。そして或る機会に起って迫害を加える。只口実丈《だけ》が国により時代によって変る。危険なる洋書も其口実に過ぎないのであった。

(『鷗外全集』第七巻　昭和四七年　岩波書店)

この反撃が「『沈黙の塔』という小説の形を借りての反撃であるのは、やはり陸軍省高官としての彼の公的地位が、真向からの反駁を抑制せしめたのであらう」（小堀桂一郎『森鷗外』平成二五年　ミネルヴァ書房）とし、「鷗外の目は大逆事件の本質をえぐるのではなく、それによって起こされた政府の文芸取締りに焦点が当てられている」（山崎一穎『森鷗外　明治人の生き方』平成一二年　筑摩書房）とする研究者の見解はそのとおりであろう。

しかしその反撃は文芸界の旧派や記事を出した新聞社に対してだけではなく、当時の内務省、警視庁などの検閲当局を射程距離におさめるに充分なものであったと私は思う。同じ年の『ファスチエス』の最後に、文芸の守護神デモンが権力には意気地のない文士を叱《しっ》責《せき》し、権力を笠に着ている役人を罵倒《ばとう》して、「ちと学問や芸術を尊敬しろ」というのも狙う的は権力機構にあることは明らかだ。

神話と科学的歴史の折り合い

『かのやうに』（明治四五年）は、ドイツに留学し、実証主義的歴史学を学んで来た主人公五条秀麿と祖先の霊を信奉する父の子爵との間に、実証的科学的な歴史と国家秩序の基礎たる神話との対立を置いたものである。これは「神話を歴史として信じ得る人間、もしくは信じなければならないと信じている人間と、神話と歴史とは弁別して扱わなければならないという信条に生きている人間との対立ということになる」（小堀桂一郎『森鷗外　批評と研究』平成一〇年　岩波書店）。そして秀麿は、自己を曲げること無く、また老父を否定することも無い、ある解決策を生み出す。それは「かのようにの哲学」とも言うべきもので、秀麿はものごとには、それがあるかのように考えなければ成立しないものがあると言い、自分は「祖先《そせん》の霊《れい》があるかのように背後《うしろ》を顧《かえり》みて、祖先崇拝《そせんそうはい》をして、義務《ぎむ》があるかのように、徳義《とくぎ》の道《みち》を踏《ふ》んで、前途《ぜんと》に光明《こうみよう》を見《み》て進《すゝ》んで行《ゆ》く」と言う。この「かのようにの哲学」はドイツの哲学者ファイヒンガーによるものであった。鷗外のこの方便は、自身の留学以来続いたはずの撞着《どうちやく》をひとまず解決するものであったろう。だがこの『かのように』という作品は「小生ノ一長者ニ対スル心理状態ガ根調トナリ居リ」という鷗外自身の述懐を残す書簡があり、大逆事件他に衝撃を受け心労する、山県有朋への心情が存在することがわかっている（乃木希典《のぎまれすけ》とも言われる）。この情の存在が「かのようにの哲学」の論理的不徹底さや方便性を浮かび上がらせているが、鷗外が理だけの人ではなかったことも示している。

大正天皇の即位大礼に列席したときを含めて、この時代の鷗外は、「かのようにの哲学」を信奉して常に心穏やかであっただろうか。時に苦悩や寂寥が心底にはあったのではないか。そう思って読むと、「盛儀私記」に色々なものが見えて来る気がする。

鷗外の仮面

鷗外の生涯を定義し、解釈し、その意味を問うた論者は数多いが、最後にドイツ文学者高橋義孝の鷗外論（『森鷗外』昭和二九年　新潮社）を紹介したい。私が魅かれるものの一つである。まず高橋は「鷗外が帝室の、日本の絶対主義的社会体制の、保守政府の、帝国主義の、狭くいえば山縣有朋の知的番犬であり手先であったことは、ひとのいうようにたしかなことだったと思う」とし、「しかしそれが鷗外ではなかったと私は思う。それは鷗外である筈がなかったと私は考えざるをえない。それが鷗外だといえば、きっと鷗外はつい微笑を洩らしただろうと思う」と言う。「体制の知的番犬」という人々の鷗外観をいちおう肯定しつつ、それを彼の本質とはしないのである。高橋はそれは鷗外の一つの「仮面」

にすぎなかったと言う。そして『かのやうに』の中には帝室否定などという言葉は出てこないが、「彼がいっていることを論理的に煮つめて行けば、鍋の底には帝室否定ということが残らざるをえない」とする。結局高橋は鷗外の複雑さをいくつもの「仮面」で説明し、この仮面を統一できるもの、あるいはそれがもたらす必然は、ある種のニヒリズムであるとし、鷗外はそれを生きたと考えるのである。

「盛儀私記」にはもちろん通例のニヒリズムの色は窺えない。しかし鷗外の複雑さ、その本質の多面性は、この〝京の一〇日間〟にも垣間見えるのである。

第八章　仙洞御所〈「静寂」の庭〉

三島由紀夫

自衛隊突入の衝撃

昭和四五年一一月二五日、作家三島由紀夫が陸上自衛隊市ヶ谷駐屯地に「楯《たて》の会」隊員三名とともに突入、自衛隊の決起を促したが果たさず、総監室にて切腹して自決した。二年前に三島が結成した「楯の会」の隊員森田必勝が介錯した。この事件には、天皇制や自衛隊に関する三島の日頃の言動を知りつつも、驚愕《きょうがく》させられた人々がほとんどであったのではなかろうか。

その三島が――自衛隊突入の三年前――昭和四二年八月二八日から三一日まで、京都に旅して仙洞御所を拝観して書いたのがこの文章である。この拝観と執筆は、出版側からの提案であったと思われる。結果として昭和四三年三月『宮廷の庭I　仙洞御所』が岩宮武二の写真に三島のこの文章と伊藤ていじの解説が付されて出版された。このとき文章のタイトルは付けられてなかったが、三島の死後、最後の四年間の文章を集めた『蘭陵王』（昭和四六年）に入れられたとき、「仙洞御所　序文」と題された。（ということは、著者自身の題ではない）。

出版社の話に三島が心を動かしたのは、いくらでもある名刹の類いではなく、まだ見ぬ「（上皇の）御所」であったからだと思われる。（普通名詞の「仙洞御所」とは、皇位を退いた上皇が常住する御殿のことである）。この文章は三島作品の中では、今まであまり注目されていないと思われる。しかし、『決定版三島由紀夫全集』で二ページにわたるヴォリュームを持ち、読み応えのある作品である。庭園論として出色のものと思うが、ここには三島の「天皇及び天皇制」の問題も表れていると思われる。今は歴史の忘却の淵の中に沈みかねない仙洞御所といういにしえの〈神聖〉の場所で、三島は何を思ったのであろうか。こういうことを思うのは、この文章が書かれた時期を考えるからである。

「行動の時代」の「静」

三島がこれを書いた昭和四二年前後、数年の彼の行動と創作活動を見る。『群像日本の作家18　三島由紀夫』（平成二年　小学館）所収の栗坪良樹編の年譜を参考とする。

昭和四〇年四月　自作自演の映画『憂国』完成（二・二六事件に際して自刃した近衛歩兵連隊中尉を書いた小説『憂国』を映画化したもの）。

昭和四一年六月　『英霊の声』発表（二・二六事件の将校や特攻隊の英霊が霊媒により、その真実の叫びを語るというもの）。

昭和四二年四月　久留米陸上自衛隊幹部候補生学校などで、自衛隊に体験入隊。

同年八月　この「仙洞御所　序文」を執筆。

昭和四三年三月　祖国防衛隊（後の「楯の会」）の隊員学生とともに陸上自衛隊に体験入隊。

同年七月　彼の天皇思想を最も伝える評論「文化防衛論」を発表。学生とともに陸上自衛隊に体験入隊。

同年一〇月　「楯の会」発足。
昭和四四年二月　学生とともに陸上自衛隊富士学校に体験入隊。
昭和四五年三月　学生とともに陸上自衛隊富士学校に体験入隊（このとき学生森田必勝らと決起の計画に入ったと見られる）。
同年一一月二五日　陸上自衛隊市ヶ谷駐屯地に「楯の会」隊員三名とともに突入、自衛隊の決起を促したが果たさず、総監室にて切腹して自決。

こうしてあらためて見ると、この作品が三島のあの衝撃的終末をまっしぐらに目指す、〝行動の時代〟の中に書かれたことがわかる。仙洞御所を見に行ったとき、この文章を書いたとき、あの自衛隊によるクーデター呼びかけの行動はすでに三島の心中に何らかの形で存在していたのだ。本文を読んでみる。

「本来の自然な静寂」の防衛

晩夏のむしあつい午後に、私は生れてはじめて仙洞御所を拝観した。／……むかし、神聖な場所というものは、聖域の外側へ、十重二十重《とえはたえ》に神聖な影響が及ぼされ、ひろい領域にわたって、神聖の波打際があり、大波の絶頂からごくささやかな漣《さざなみ》にいたるまでの階梯《かいてい》がある筈《はず》だった。そういうものが今ではない。……／特定の季節を除いて、御所の拝観は誰にも許されるものではないから、（事実、ここにいた一時間あまりの間、ほかの拝観者の影を見なかった）私はこの、現代から護られた特権的な、又、逆説的な静寂の場へ、一歩一歩近づきつつあるのを感じた。／というのは、一定の空間、一定の時間にわたる静寂を得るには、実に煩瑣な手続を要するのが現代だからである。静寂は、今では蝶の一過のように、すぐ捕えなければ忽《たちま》ち飛び去ってしまう一瞬のものになった。……人工的に一定空間一定時間の静寂を得ることが、これほど特権的なものになりつつある現代では、既存の、伝統的な静寂の保存は、実に逆説的なものにならざるをえない。すなわち、その本来の自然な静寂を、すこぶる反自然的に人工的狡智《こうち》の限りを尽して防衛することが、現代の尖端《せんたん》的な要求になるであろうからである。これが私の天皇制に関する基本的な考え方であり、宮廷とは、すでに大らかな恋愛や政治の象徴ではなく、現代に失われた静寂の象徴なのである。……もしここがさらに厳格な禁断の場所であり、さらにここに現実の上皇がおられて、中古そのままの生活を送っておられたとしたら、私のいう「静寂」は完璧なものになる。

仙洞御所を訪れたのは前掲のように昭和四二年八月末であるが、現在通常行われている参観の形式には拠《よ》らず、特別の申請と許可であったと思われる。三島は「ほかの拝観者の影を見なかった」と言っているし、参観のコースも三島より八年後に「仙洞御所庭園」を書いた井上靖と比較してみると、井上のは案内人が先導する今の参観コースに沿っているのに対して、三島のは勝手にポイントを選んで廻ったという感じがある。

三島は「神聖の波打際」はなくなったとは言え、この仙洞御所の「静寂」に満足していると思われる。そしてこの既存の、伝統的な「静寂」の保存は逆説的なものにならざるを得ないと言う。本来の自然な「静寂」をまもるために、「反自然的に人工的狡智」を使わざるを得ず、その狡智は「静寂」とは相反するものになるからである。しかし、三島はそうやって「静寂」を防衛するのが現代という時代の要求であり、「私の天皇制に関する基本的な考え方」であると言うのである。この「仙洞御所　序文」という文章の中で、天皇制に言及しているのはここ一ヶ所であるから、ここは重要なポイントである。難解だが、私の読み方としては「静寂」を「神聖」という語に置き換えるとわかりやすいかもしれないと考える。「静寂」と「神聖」は、この場合、隣りあったある種の類義語なのである。そしてこの「静寂」または「神聖」――即ち「天皇制」は、現代においては「防衛」されなくてはならないのだ。

三島由紀夫の〈天皇〉

ここで、三島の〈天皇〉をあらためて整理しておく必要がある。この天皇には、天皇個人を指す場合と、天皇制即ち制度としての天皇を指す場合がある。三島は根本的には後者を問題にしたわけで、そのあるべき天皇像から現実の天皇（昭和天皇）への否定的言辞もしばしば見られる。彼を右翼的、かつ狂信的な天皇至上主義者とするのは単純な見方なのだ。

三島は、天皇は古来、政治の統括者ではなく、祭祀《さいし》と詩による統括者であったと説き、「文化概念としての天皇」というものを主張する（「文化防衛論」同全集第三五巻　平成一五年)。天皇は権力から超越することで、文化共同体の存在を証明するものになり、文化的包括的機能を果たして来た。ところが明治以後それを喪失し、政治化してしまい、天皇制は資本主義の政治の支配機構になってしまったと言うのである。この「文化概念」の「文化」は、我々が通常この語からイメージするものとは少し違うようである。説明がむずかしいが、三島は戦後日本の「文化国家」「文化人」などの語が大嫌いだったと言えば、多少説明したことになるだろうか。三島の考える天皇は、あくまで祭祀と詩筵《しえん》を主宰することによって、民族と国家の精神的主柱となる〈神〉であらねばならなかった。決して〈人〉であってはならなかったのだ。〈神聖〉こそがその絶対の要件であった。日本人の伝統的な美意識も道徳も、この〈神〉を戴くことによって成立して来たと彼は考える。

前述の『英霊の声』は、能の修羅物の様式をかりた作品で、霊媒に乗り移った二・二六事件の将校の霊が、天皇への至純の心から決起したにもかかわらず、天皇によって叛乱《はんらん》とされたことを恨み、神風特攻隊の英霊は神である天皇に身命を捧《ささ》げたのに、天皇は自ら人間宣言をして、自分達を裏切ったと恨む。

霊達は神がたりに語る。いかなる強制、弾圧、死の脅迫があっても、陛下は自分は人間《ひと》であるとおっしゃるべきではなかった。世のそしり、人の侮りがあろうとも、陛下ご一人だけは神としてご自身を保たせなさり、神であることは架空のこと、偽りのことなどと絶対に仰せになってはならなかった（たとい御心のうち深く、架空、偽りとお思いになろうとも）。

そして歌う。「祭服に玉体を包み、夜昼おぼろげに／宮中賢所《かしこどころ》のなほ奥深く／皇祖皇宗のおんみたまの前にぬかづき、／神のおんために死したる者らの霊を祭りて／ただ斎《いつ》き、ただ祈りてましまさば、／何ほどか尊かりしならん。／などてすめろぎ［天皇］は人間《ひと》となりたまひし。／などてすめろぎは人間となりたまひし。／などてすめろぎは人間となりたまひし」（同全集第二〇巻　平成一四年）――と。

最後のリフレインは鬼気せまる恨みであり、呪言である。この霊達を単純に三島と同一視することはもちろん慎まなければならないが、三島の思う天皇のあるべき姿の核心は、霊達の願う天皇のあるべき姿とやはり重なってくる。

この濃厚な情念に溢れる作品を書いた翌年に、三島はこの「仙洞御所　序文」をものしたのである。私の予測では、そこにはあの情念の揺曳《ようえい》があるはずであった。退位した後とは言え、それは〈神〉の空間であったのだから。

しかるにこのエッセイの主張と筆致は、神がかっていると言ってもよい『英霊の声』の激情は影を潜め、〝行動の時代〟の産物でありながら、思索的で論理的であった。私は三島由紀夫という作家の明晰《めいせき》と才能を見ることができたと思ったものである。

「美しい老いた狂女」

それにしても仙洞御所はすでに焼亡し、そこに住んでおられる方はない。美しい庭だけが、ただまれ人に見られるために、しじゅう身じまいをして、黙然と坐っている。美しい老いた狂女のように。

次いで三島は「それにしても仙洞御所はすでに焼亡し、そこに住んでおられる方はない」と言う。歴史的な事実を少し説明する。現在の仙洞御所は、後水尾上皇の御所として寛永七年（一六三〇）に完成、同時に后東福門院の女院御所も北に接して建てられた。火災により何度も焼失し、宝永五年（一七〇八）の大火の後は両御所が統合され、庭の二つの池も繋がった（北池と南池）。後水尾の後も、霊元、中御門、桜町、後桜町、光格の五代の上皇が御所として住んだが、嘉永七年（一八五四）の焼失後は再建されなかった。庭だけが残ったのである。

上文で、現実に上皇がここに住んでおられたら、と仮想する三島のつぶやきには、彼の「天皇制」が持つ非現実的な性格、あるいは浪漫的な一面が垣間見えると言ってもいいのではないか。上皇がここにおられるという気配――「静寂」あるいは「神聖」の空気――が彼には重要だったのである。

あるじがすでに無い、庭だけが残された御所を、三島はただ客人《まれびと》に見られるために常時身なりをととのえて、黙然と坐っている「美しい老いた狂女」に喩えている。この比喩は、いかにも小説家らしい美しい比喩だが、同時にこの比喩を使ったとき、仙洞御所の庭に対する三島の視点が決まったと言うべきだろう。制度としての天皇制の中で、上皇や上皇御所を見るのではなく、ひとえに〈美〉の対象として見ようという決意が固まったのではないか。ただこの比喩の「美しい老いた女性」までは、三島が最初に見た北池は往古の女院御所の池だったから、自然なイメージと言えるが、彼女はなぜ「狂女」なのか。この狂気は、すでに現実の世界ではなく幻の世界の住人たる、尋常ではない存在であることを語っている。ここに、はしなくも三島の「天皇」の幻想性が浮かび上がって来るというのは、深読みに過ぎるだろうか。

ともあれ、三島は以下、庭園の〈美〉という一点のみを目指す。まず北池である。

三つの池の定義

潜り門を入って、大宮御所御内庭の松竹梅の御庭をすぎると、そこに又、開かれた潜り戸があって、仙洞御所のお庭をはじめて垣間見せるみごとな額縁をなしている。

……

しかし、この矩形に籠《こ》められた、無人の御庭の序曲はいかにも美しい。池にはさやかに風が渡って、人目にさらされぬ庭の純粋な戯れを見せている。ここから見ると、あたかも庭から気づかれずに、庭を窺《うかが》っている風情があって、風が渡るたびに燻銀《いぶしぎん》に鳥肌立った水面の一部分が、風下へ走ってまた濃緑の色に静まるさま、時折魚が跳ねる波紋など、いかにも人に見られていない庭が、無心で遊んでいるかのようである。……なかに一つ、高い梢《こずえ》の洋紅色のこまかい花が、揺れている。夏のおわりの百日紅《さるすべり》である。奥の木叢《こむら》も、時々、何事かを語るかのように、風がかきみだす葉叢のあいだの黒い口をあける。

ここへ一歩踏み入るのに、私は永い躊躇《ちゅうちょ》を要した。

見事な文章である。人に見られていない庭が無心で遊んでいるのをそっと覗《のぞ》いているみたいだとして、少し擬人的に捉えた池の水面、周囲の梢や草むらなどの描写は、普段人に忘れられている、いかにもひそやかなこの御所の庭を流麗に表現していて印象的である。

躊躇の後の一歩を踏み出した三島は、女院の大宮御所と仙洞御所が統合されたとき繋がった北池と南池——南池をさらに藤棚のある石橋で北半分と南半分に二分し——それぞれの構成要素たる岸辺の石組み、橋、中島や出島、州浜、樹木、草や苔、近くの茶亭などを一つ一つこまやかに吟味していく。その結果、三島は仙洞御所の庭を、池の三つの部分を中心に次のように性格づける。北池はまろやかで、王朝風で、非哲学的非瞑想的。もっとも現世的である。

南池の南半分は寓意的な趣味が横溢《おういつ》し、中世的な現世蔑視が通俗的なまでに明らかで、最も形而上的である。南池の北半分は形而上的なものと現世的なものが最も調和がとれた形で融合していて、いわば現世浄土的な理想が見られる、と言うのである。以下は三島が最も高く評価した、この南池北半分の分析的な鑑賞のディテールである。

　石組の高低は岬の端［はな］にいたるまで微妙に配分されて、音楽のような流れをなしている。それはピアノで弾かれた遁走曲《とんそうきょく》のような趣がある。滝のすぐ右側には、草子洗石と呼ばれる平たい船着のような巨石が、ゆったり水面へひろがっている。そこから右へ、黒い石がわだかまり、ついで白い低い石がつづき、ついで赤っぽい鋭い石が高まると、しばらく、水辺を伝わるごく低い横石が連なり、やがて又これが山脈のように高まって、黄ばんだ石塊をなし、さらに最後にもっとも高い黒石が白い流条を示して聳［そび］え、この頂きと、だんだんに低まって来た背後の芝生の稜線とがまじわると見る間に、今度は前《さき》と同じごく低い横石がつづいて、端《はな》にいたるのである。
　それは、水という冷たい物質の、はっきりと一線を区切る冷静な直線に対して、石という物質の、温かい人間的な気まぐれと屈折を呈示した、皮肉な意匠のように見えるけれど、そこには決して過度の皮肉も過度のソフィスティケーションもない。岬の端という、水のなかへ融け消える末端へ向って、草の岬の芝生のスロープは考えられる限りなだらかに、石組はさまざまな繊細な対比を示しつつ、いずれも同じ場所同じ目的同じ到達点で落合うのであるが……そこまで引きのばされた時間は、もはや永遠に似ており、永遠の近似値である。従って、この岬の意匠を見ると、音楽が永遠につづくような心地へ引き入れられる。

観念と現実の融合

ここに感じられるのは、まず観察の精緻《せいち》なことである。庭の美しさを印象批評的に述べるのではなく、その印象や感想がどうして出て来るのかを分析的に、論理的に説明して行こうとする姿勢である。時に強引なところや執拗《しつよう》なところもなくはないが、〈美〉を語るのに修辞的な美辞麗句ではなく、あくまで論理で行こうという志向が明らかだ。三島由紀夫という作家の重要な一面である。

この南池北半分の出島の岬の、石組みと芝草のスロープの絶妙さに、三島は「仙洞御所の御庭には、何かきわめて明るい、きわめて現実的な神秘があると感じられた、その根源はここにあったのだ」と思う。別のところで三島は池の水と石組みについて、「形態のある世界と、無形態の世界とが、一つの庭の中でこうして相接しているとき、昔の暇のあった人々は、この対立からあらゆる比喩を読み取ったにちがいない。石は生命であり、生命を司《つかさど》るところのより根源的包括的な観念は池で表わされるのだ」として、おそらくは独創的な庭の読み方を示している。かたちのない水は形而上的なもの、観念的なものを表し、形態のある石は現実的なもの、現世的なものを指すのであろう。この南池の北半分は、石組みが芝のスロープとあいまって、池の水と「もっともみごとな、もっとも調和のとれた融合」を見せ、「いわば現世浄土的な理想が見られる」と三島は主張する。そしてここに仙洞御所の〈美〉の頂点を見るのである。

さらに仙洞御所は「地上の権力の彼方にある安息の象徴」に他ならず、その安息は地上の権力の此方ではなく、その彼方にしかなく、しかもそれを味わい得るのは、ずっと昔から、権力の内包する苦患に目覚めていた人だと述べる。仙洞御所のそもそもの主であった後水尾上皇を思い浮かべていたかどうか。

ともあれ、三島がここで形而上的なもの、いわば観念と、現実との融合を理想としていたと読めるのは興味深い。では「天皇制」についてはどうなのか。三島は、この後、見る者の位置によって風景の変わる仙洞御所のような回遊式庭園は、視点の移行によって無数の世界観に接することが可能な構造だと言っている。この柔軟性を何故持てなかったのか。

三島の「天皇論」や、その最後の自衛隊へのクーデター呼びかけの「行動」には多くの批判があった。例えば「天皇論」については「美や道徳の源泉を天皇にまで押しつけることは天皇にとって迷惑なことであるし、またそれは歴史的事実にも反するものである」（林健太郎「天皇観をめぐって」『新潮　三島由紀夫読本　臨時増刊号』昭和四六年　新潮社）、「（天皇に対する＝引用者補）文化的無限責任の要求である」（野口武彦『三島由紀夫と北一輝』昭和六〇年　福村出版）などなど。「行動」については、橋川文三が天皇と軍隊の直結を求めることは、直結の瞬間に、文化概念としての天皇は、政治概念としての天皇にすりかわると述べている（「美の論理と政治の論理」『中央公論』昭和四三年　中央公論社、他）。仮に、三島の天皇論は一つの解釈、思想だとするにしても、それが最後の決起、自決にはどうしても結びついて行かない。「仙洞御所」論の論旨を追って来ると、その感はますます強くなるのである。

終わらない庭——日本庭園の時間——

無数の視点の移行で、無数の世界観に接することができる構造が日本の廻遊式庭園の特徴と指摘した三島は、必然的に西洋の庭園と日本の庭園の対比に思いを馳《は》せる。以下の庭園論は、その明晰さにおいて諸家のさまざまな庭園論の中でも白眉《はくび》と言える。三島は廻遊式庭園に限らず、日本の庭園は滝、渓流、池、橋などによって時間を導入したが、西洋の庭園術はこの時間を庭に導入することをを思いつかなかった。そのために西洋庭園は空間を支配し、空間を構造で埋め尽くすものになる。ヴェルサイユの庭はその極致なのである。日本庭園の流れ来て流れ去る滝や渓流の水は、地形など周囲の小さな自然の変化の中で形を変え、しかし果てしなく流れ続けている。どちらが彼岸か、此岸かを規定しない日本の庭の橋は、庭をめぐる者に時間の可逆性を教える。「われわれはその橋を渡って、未来へゆくこともでき、過去へ立ち戻ることもでき、しかも橋を央《なか》にして、未来と過去とはいつでも交換可能なものとなる」と彼は言う。そして「おそらく日本の庭の持つ秘密は、『終らない庭』『果てしのない庭』の発明であって、それは時間の流れを庭に導入したことによることではないか」とするのである。

この文章の最末部——原文はスペースの関係で引かない——において、いささか饒舌《じょうぜつ》になった感すらがある三島は、理想的な庭とはどんな庭か、生きている芸術家とは、どういう姿になることが、最も好ましく望ましいか、について所感を述べている。微妙に三島自身を語っているようでもあり、興味深いが、この章を庭園論として完結させるべく今はあえて深入りしない。

〈親しみ〉と〈いたましさ〉

三島のこの強靭《きょうじん》なエッセイのために、彼の生涯やいくらかの作品や研究をあらためて追い、私は三島由紀夫という、いうなれば不世出の作家に今までは持たなかったある種の感情を感じた。共感でもなく、否定でもなく、尊敬でもなく、憐憫《れんびん》でもない。それはある〈親しみ〉と言うのが最も当たっている感情であろうか。その思想や行動は別としても、ある時期を懸命に生きた一つの天才的な精神に対する思いである。それは同時に何とも言えない〈いたましさ〉でもある。最後の行動へひた走った時期のただ中の、仙洞御所におけるこの一日は、三島由紀夫にとってひとときの〈安息〉であっただろうか。〈安息〉であったとしても、そこに〈孤独〉のかげは拭《ぬぐ》えない。

この文章のために、私も最近仙洞御所を訪れたが、南池を二分する藤棚のある石橋のたもとに来たとき、ここで三島が四四年前、「やや赤らんだ蔦《つた》におおわれた石組」に腰をおろして池を眺めたという石組みを、思わず探してしまった。このときはわからなかったが、次回行くときはもう一度探してみたいと思う。

仙洞御所を去るとき、新緑の樹々の中で、イカルの澄んだ口笛のような鳴き声が聞こえた。

第九章　修学院離宮〈帝王の庭〉

大佛《おさらぎ》次郎

〝鞍馬天狗の庭〟？

日本庭園には珍しいほどのスケールの大きな「水と空」の風景――。一度見たら忘れられない、修学院浴龍池《よくりゅうち》の西浜の眺めである。

この修学院離宮は、一七世紀の半ば、後水尾上皇の営んだ山荘であった。比叡山の西南麓に位置し、傾斜地を利用した上・中・下の三つの独立した御茶屋（建物と庭園）から成っている。桂離宮、仙洞御所と並ぶ我が国の池泉回遊式の代表的な庭園である。後水尾上皇の創建の時代は、「上の茶屋」と「下の茶屋」だけであったが、隣接した朱宮《あけのみや》光子内親王の御所と出家後の林丘寺が明治になってから「中の茶屋」として編入され、今日の姿となった。総面積一四万坪を占める広大な敷地は、桂離宮のほぼ七倍に及ぶという。現在宮内庁京都事務所が管理するが、一八歳以上で、所定の事前手続きをとり、許可されれば誰でも拝観できる。京都の庭に関心のある人だったら一度は訪れたい〝帝王の庭〟である。

多くの文筆家がこの修学院離宮ついては、評論・エッセイの筆をふるっているが、ここでは、大佛次郎の「修学院幻想」を取り上げる。大佛次郎は、幕末の覆面の浪人で、神出鬼没の剣客倉田典膳を主人公とする「鞍馬天狗」のシリーズで名を挙げ、これは後映画、ラジオ、テレビにも取り上げられ、登場から三〇年以上も続いた。

大佛の本名は野尻清彦。ペンネームは当時鎌倉の大仏の裏に住んでいたところからつけたもので、大仏が太郎、自分が次郎ということであろう。明治三〇年の生まれである。鞍馬天狗は、倒幕派ではあるが勤王一辺倒でもない自由人、金銭欲も色欲もない清潔な人柄というキャラクターで、当然ながら大人にも子どもにも愛されたスーパーマンであった。

大佛は東京帝大卒業後、一時教師をしたがその後外務省条約局に勤めた。「鞍馬天狗」以外の作品では、『赤穂浪士』（昭和二年）は従来の大衆小説の題材を知識人の読み物としたと言われ、『帰郷』（昭和二三年）は戦後の日本人の日本への思いを見事に描いたと評価された。『ドレフュス事件』（昭和五年）や『パリ燃ゆ』（昭和三六年）は、ヨーロッパにも取材した本格的な史伝で、当時の進歩的な雑誌であった『改造』や『週刊朝日ジャーナル』に連載された。

総じて大佛の小説は、大衆の心を摑《つか》む幅の広さとインテリの心を魅きつける知性的な深さを合わせ持っていたと言うべきだろう。昭和三九年には文化勲章を受けている。

このエッセイには勿論鞍馬天狗は出て来ない。しかし、その生みの親だった文豪・文人の最も愛した庭だと知ったら、また別の思いが出て来るのではないか。

ハイライトは「浴龍池」

まず最初に引く部分は、修学院の庭園のハイライトとも言える「浴龍池」を眼の前にして、大佛が漏らした賛嘆のため息と言ってよい。時は、新緑の時節が過ぎ、京の夏の暑さが感じられる、ある雨の日であった。

昔のこの季節は、ほととぎすが啼き、蛍が飛びかい、池が空の月に鏡となって、風の涼しさとともに、夜の時間が最も悦ばれたのではなかったか？　私のは真昼である。雨がさかんに降って、紅と白と花の色を分けてある睡蓮の咲く水面に、無数の小さい輪を描いては消して行く。借景の遠山の眺めも動く雨雲の中である。これが唐画の景色には決してならず、墨の濃淡がどこか優雅で、まどかでもの柔らかく、やはり優しい日本の風景としか言えない。この庭を作ったひとは、遠い山々の姿まで創作して了《しま》ったのではないか？　桂の離宮や、古い寺々の庭よりも、ここは日本的な庭のように私は思うようになる。

そのくせ、この庭は、日本の庭園の流風から飛び抜けた存在のように見える。これだけ自由で、のびのびと大きい庭は、よそにない。……大きく空を取入れてこれを無地の大きなカンヴァスにして、天然の力に自由に筆を揮《ふる》わせる。

四季の月がある。雨がある。移動する烟霧《えんむ》がある。地上だけの庭ではない。大きく天を把《とら》え、傾斜する地形から滝を落とし、石を嚙む急流を流すかと見ると、池を作って憩い、更《さら》に小さい庭の泉水と姿を変えて、水の音楽をいろいろに楽音を分けて聞かせる。……ここの庭だけは、人がいなくとも、水が生きて鼓動を打ち、月や雲や霧や雨が、それから自由な風も訪ねて来て、春夏秋冬、季節それぞれの姿を展開する。枯山水ではない、人を離れても生きている庭である。

ここで大佛はまず、修学院の庭は「桂の離宮や、古い寺々の庭よりも」日本的な庭であると言う。彼はこの夏の日だけではなく、かつて訪れた修学院のさまざまな季節を想起する。原文を引用する余裕がないが、時雨が止《や》んだ後の「降りそそぐ冬の日射の色」、山桜の咲くころの池の上の「釀《かも》した酒のよう」な大気、春霞の中の「白日の夢のように濃淡を分けて連なっている」山々など、いずれも「優しい日本の風景」に他ならなかった——。そのくせ、この庭は「日本の庭園の流風から飛び抜けた存在」で、これだけ「自由で、のびのびと大きい庭は、よそにない」と大佛は言う。茶庭だの枯山水の庭とは違っている。月や雲や霧や雨や風が四季折々の風景を作る「人を離れても生きている庭」だ、というのが大佛の「修学院の庭」の捉え方である。

修学院を歩く――「下の茶屋」と「中の茶屋」――

「浴龍池」を前にしたとき、この文章を再び思い出すこととして、自然な順路に従い、一番下の「下の茶屋」から、この日本の帝王の山荘を見て歩こう。

大佛は「当初に、この広大な『修学院の庭』を築いた人は、大きな自然の中に建物を邪魔にならぬようにつつましく置くことを考えた」とし、「この庭では建物は別に重要でなく、そこから眺めるものが大切なのである」と言っているくらい、建築にはほとんど触れていない。ここでは建物についても若干補うこととする。

後水尾上皇などの皇族がこの山荘を訪れるには、御所から輿《こし》で来て、まず「下の茶屋」に休息した。御幸門、中門を入った所の小さな坂の上に御輿寄せがあり、主要な建物寿月《じゅげつ》観《かん》（後水尾上皇の宸筆《しんぴつ》の扁額《へんがく》がある）の玄関になっている。寿月観は内部も前庭も簡素で清々《すがすが》しい。かつては蔵六庵《ぞうろくあん》という書院、彎曲閣《わんきょくかく》という田園を眺める高い建物などがあったと言うが、これを勘定に入れても規模は小さく、日本の帝王の離宮のつつましさを端的に語っている。寿月観の入り口の二枚の明かり障子の白が印象的で、「修学院」の建物の

〈美〉の性格を象徴的に表しているかのようである。

「下の茶屋」からは野道を辿って「上の茶屋」へ行くのがルートだった。上述のように「中の茶屋」は明治になってから修学院に入れられたものだからである。現在では「中の茶屋」も見学する。主要な楽只軒《らくしけん》は後水尾の皇女朱宮の御所の建物であったから、その母の東福門院の御所の一部を移した客殿とともに、室内に女性的な好みが随所に感じられる。ここにある霞《かすみ》棚と呼ばれる一種の飾り棚が「天下の三棚」として、桂離宮の桂棚、三宝院の醍醐棚とともに有名だが、大佛は「中の茶屋」全体が本来の修学院のものではないという観点から、「創始者の意図に背いて」いるものとして、これらには詳しくは触れない。

大佛は「下の茶屋」も「中の茶屋」も初めは門も垣根もなく、茶屋の間を繋ぐ現在の松並木の坂道は、田圃《たんぼ》の畦《あぜ》道だったことに注目する。明治政府が門や垣根や田の道を整える以前は、修学院は今よりも開放的な自然のただ中にあっただろう。大佛は、小説家らしく昔の修学院の具体的なイメージを描いて見せる。「野を渡る風が、寿月観の畳の上にはいって来る。外では、田圃の蛙が啼いていたのである。農夫が稲の中に身を没して夏草を取る姿も見えたろう」――。

現代の修学院の敷地内にも民間の田畑がある。いささか余談になるが、今回私が訪れたときは、ちょうど田植えの時季で、松の並木越しにいっぱいに水を張った棚田が見え、畦には作業用の軽トラックが停《と》まっていた。戦後の農地改革によって土地は耕作者のものとなったが、彼等が宅地や工場地への転換を望んだ場合、そもそも田畑とそこに働く人々の姿を、庭の景観の中に取り込んでいる「修学院の庭」は成り立たなくなってしまう。そこで現在は、特別の法律により田畑となっている土地を国が買い上げ、彼等が耕作を続ける場合のみ、これを貸与しているのだそうだ。

「大刈り込み」が見えて来る

現代の参観者も「下の茶屋」「中の茶屋」の参観をすませて、小松の並木の道を通り、「上の茶屋」へ向かう。「浴龍池」の堰堤《えんてい》——高さ約一五メートル、長さ二〇〇メートル余りという——を覆う大刈り込みが見えて来る。谷川を堰《せ》きとめて山腹につくった池だから、堤をめぐらせ、土止めの石垣が必要であった。この石垣をあらわに見せないように三段の生け垣を設け、上部を大刈り込みで覆ったのである。大刈り込みは数十種の常緑木を中心とする混植で、池の西堤とともに、「上の茶屋」最高所にある隣雲亭《りんうんてい》の池に面する斜面にもびっしりと植えられている。この大刈り込みがあるために、修学院の庭のスケールの大きさと、植物との強い親和がさらに感じられる。

巧みであると思われるのは、隣雲亭へ上る最後の石段の道の左右を大刈り込みの壁でいったん視界をさえぎり、石段を上り詰めたとたん、頂上からの眺望がぱっと開けるという趣向にしてあるところだ。但し、これが創建時からのものか、後世の工夫なのかはわからない。

しかしいずれにしても、「上の茶屋」の結構が、海抜一四九メートルのいわば高台の上に建てられた隣雲亭からの眺望のためになされたことは明白である。隣雲亭の三つの小部屋には床の間も棚もなく、北の間は洗詩台と呼ばれる四畳ほどの板の間になっている。詩歌の想を練ったところという。空と池と連なる山々の景観をたのしむためのみの簡素な亭であったのだ。周りの叩《たた》きの土間には小さな鴨川石が数えるように埋め込まれていて、一《ひ》二三《ふみ》石と呼ばれるようだが、ここの大きな自然の展望にそぐわない小さなものには、大佛は一顧だにしない。

「上の茶屋」の眺望

隣雲亭の前に立っての眺望は、近景の大刈り込み、浴龍池、西浜を越えて、その向こうに鞍馬、貴船に連なる北山の峰々や愛宕《あたご》などの西山の山々を見晴らすことができる。最初に引いた文章の中の、遠くの山々が中国画の景色ではなく、「墨の濃淡がどこか優雅で、まどかでもの柔らかく、やはり優しい日本の風景」だとしているのに、ここであらためて納得させられる。さらに大佛は後に引用する下文に見るように、「帝王の雄大な気宇を感じさせる」と言い、「堂々と大きな天と向かい合って」、「雲を呼び、雷に命令することも許されそうに大きな空間を支配している」と言う。この言葉は、修学院のハイライトである「上の茶屋」の眺望の本質と魅力を語ってあますところがない。

中島に立つ窮邃亭《きゅうすいてい》は後水尾の創設時から現存する唯一の建物だというが、一八畳一室のみの簡素な造りである。ただ大きく開放的な窓が、この建物がやはり池や木々の自然の眺望のためのものであることを語っている。

往時の修学院

大佛は後水尾院の創設のころ、修学院はどんな場であったかを資料で語ろうとする。このあたりは『ドレフュス事件』『パリ燃ゆ』などの歴史小説を書いた大佛の面目躍如たるものがある。

まず『无《む》上法院日記』という造営一〇年後くらいの記録に、後水尾院の皇女品宮常子内親王が訪れた際の様子が書かれている。それによると、まず「下の茶屋」の寿月観の庭や上の池に行く途中の「田のあぜづたひの道」で土筆《つくし》をとり、「上の茶屋」の今はない止々《しし》齋《さい》という亭から池を見わたし、ここから舟に乗る。「御茶屋どもの前をあなたこなたにこぎめぐり」、上記の窮邃亭、隣雲亭などを見やって堤へ上がり、ここから「下の茶屋」の寿月観に帰ったという。品宮のこのときの年齢はわからないが、女宮の野遊び、舟遊びの場でもあったのだ。

もう一つ詳しいのは、後水尾の皇子の一人霊元法皇が自身の修学院行きを書いた記録である（『霊元天皇元陵御記』列聖全集）。法皇は修学院が好きだったようで終生何度も訪れるが、享保八年（一七二三）七〇歳のときのものは、松茸がりをして隣雲亭で休み、山荘の八景に「隣雲夜雨」というのがあるのを思い出して「月くらき雲の隣の滝の音を夜の雨とや聞きてかへらん」という和歌を詠む。今もある雄滝の音が聞こえたのであろう。寿月観で食事をして京へ帰る道に、枯れ田に鳴く鈴虫の声を聞き、また歌を詠む。最晩年の享保一六年（一七三一）には紅葉の時節で、寿月観の前の大木の紅葉が盛りであった。池に浮かべた「七間にあまれる舟」に同行の総勢二五名が乗ろうとすると、先客があった。一尺ほどの大亀で、人々は「吉瑞なりと口々に申」したという。あちらこちら漕ぎめぐって、中島のほとりに来たとき、法皇は七〇年前にその間を舟で通った記憶のある二つの赤石を見つけ、幼少の昔に思いを馳せる。

大佛によれば「七間にあまれる舟」というのは高瀬舟で、高野川まで運び、そこから一〇〇余人の力で担いで、上の茶屋まで担ぎあげたという。この記述は修学院、高野川の位置関係を現地で実際に体感した人間には興味深く、幕府に押さえられていたとは言え、当時の法皇の力が並々でなかったことを感じさせる。

霊元法皇が七〇年前にその間を舟で通った事を覚えていた赤石二つは、現存していない。この赤石について大佛は何も言ってないが、中島にある中国風の千歳橋などが後世架けられているので、そんなとき除かれたものであろう。舟遊びや詠歌の他に、発句の催し、名月の宴、濃茶の振る舞いもあったことが記録類で知られる。竈《かま》が築かれ、焼き上がった作品を人々に賜ったこともあった。

後水尾帝の幕府への鬱憤《うつぷん》が作らせたのか？

この風雅の宴のステージであった修学院はどのように造営されたのであろう。通説として、二代将軍徳川秀忠の時代、朝廷と幕府の間に「紫衣事件」と呼ばれる事件に象徴される軋轢《あつれき》があり、退位した後水尾院には政治に対する鬱憤を晴らす気持ちがあって、修学院の造営にことの他、力を注がれたのだという解釈がある。『伊勢物語』以来の、権力に疎外された貴種は、風雅の世界に遊ばざるを得ないという伝統的な見取り図によるものであろう。

だが大佛は、言われていることに首をかしげる。修学院の造営に関してよく引用される近衛家熙《このえいえひろ》の日記の享保一九年（一七三四）の条には、後水尾は修学院の地勢山水をよく知っていて、地形の雛形《ひながた》を作り、ここに草木を始め踏み石捨て石に至るまで土で形を作り、それをいろいろに置いてみて格好のよいものにしようとした、側近の庭作りにたけた人材を実地に見分に遣わしたりもした、とある。また院の御所（山荘）作りとそこへの御幸の意志を聞きつけた、幕府の朝廷目付役である京都所司代の板倉内膳が、「何故にそれがしに仰せなきや」と咎《とが》めたのに対して、「そういうことはゆめゆめないと私が言っていることを聞かせよ、私がそう言う以上、誰が何と言ったとしてもそれは皆虚説だと思え」と院が言うと、内膳は一言も言えず退出したとある。大佛は、この家熙の日記は修学院造営のころから七〇年以上も経っている聞き書きであること、当時板倉内膳は実際には京都所司代ではなかったことなどを挙げ、「幕府に対して鬱積した御不満をこの山荘の造営に向けて、激情を晴らさせられたとも伝えられたのは、話として面白く出来過ぎているようである」とする。歴史を種にして面白い話を書いたはずの作家が「話として面白く出来過ぎている」と言うのは面白い。

大佛はこの山荘を言われるように、後水尾院が熱愛していたなら、院の歌集の中にここの風物を詠んだ歌が見当たらないのは不審であると言う。しかし下文で修学院の庭の本質を以下のようにも措定するのだ。

……修学院の庭が、帝王の雄大な気宇を感じさせるものだと、ひろく人が言うのは否定することはできない。天皇でなければこれだけ自由豁達な庭を考えまいと思うからである。この庭は、茶の湯の束縛から離れている。武家の庭の、窮屈なもののしさや、禅寺の象徴的に意味ありげなのを気取ったものでもない。素直に自然を見ようとしている。この庭は結界によって遮られていない。堂々と大きな天と向かい合っている。下の茶屋、中の茶屋のように、狭く閉ざされ箱庭のような庭ではない。雲を呼び、雷に命令することも許されそうに大きな空間を支配しているのだ。

後水尾院が造営の時代はもちろん、完成後も極めて多くの修学院御幸を重ねていることは、学者の精力的な研究（熊倉功夫『後水尾天皇』など）で明らかな歴史的事実であって、大佛はこの点に関しては資料不足であったと言わざるを得ない。後水尾はやはり修学院に対する並々ならぬ愛着をいわば気質、趣味のレベルで持つ人であったのだ。

「人を離れても生きている庭」

大佛のこのエッセイの特徴の一つは、修学院の広大な庭を見るにあたって、〈廃園〉のイメージが頭をかすめることである。しかし、その〈廃園〉は〈滅び〉の要素を帯びていない。むしろ人間の手を離れて、生命のままに自然が生きるエネルギーのようなものが感じられるのだ。山荘と庭に荒れた時代があったことは確かで、現に盛んだったと思われる上記の霊元法皇の時代においてさえ、舟遊びのときの記述の中に、「多年手をいれざりし池なれば、土のなだれ草芥もかさなりて」とある。大佛はその後久しく荒れたままになった時代があったことを想起し、過去の「上の茶屋」の廃園の幻想を繰り広げる。

下の茶屋から登る坂道は、まったくの野の畦《あぜ》道に戻ったろうが、左右の田圃や畑は農家が捨てなかったとして、大刈込みの土手は繁るにまかせて藪となり、遠方から見ればジャングルのように繁り枝の重なった大きな青い塊となって今にも崩れ落ちて来そうに見えたことであろう。隣雲亭は、残っていたとしても八重もぐらの、青い焔のように立ちのぼる木々の繁みに埋められている。登る道も枝で閉ざされ、蜘蛛の巣で隠されている。その荒廃の中に、滝の落ちる音だけがどこからか響いて来るだけで、人間がいる気配はない。池は繁みの中に古鏡のように空を映しているのが見える。舟置場の舟は、屋根も舟も前の年の落葉に蔽《おお》われている。あるいは舟は、朽ちてなかば水に沈みかけて、亀が甲羅を干す場所となっていたのではないか。／……ふと山道に迷って、この庭にはいった人間があったとしたら、その者はあたりの荒れた中に立ちながら、何かしら奇異な感情に打たれて、ただの密林や池ではないらしい四囲の佇《たたずま》いを見まわしたのに違いない。山荘は、もとの藪に帰ったのだ。

こういう〈幻想〉こそ、文筆家の特権であり、文章というものが持つ素晴らしさの一つであろう。大佛は廃園の幻想の展開の中で、西欧通の教養人らしく、修学院の庭園（主として「上の茶屋」の庭）を、同じように帝王の作った西欧の庭園と比較する。

イタリアのティヴォリに在るローマ帝国ハドリアヌス帝の別荘の庭は、壮麗を極めた四囲のものが全部崩れ落ち、夏の光にさらされて生きているものは、白鳥と、たまさか訪れて来るツーリストの影だけで、廃墟の死の匂いが漂っていたと書く。修学院とほとんど同時代に建築されたフランスのヴェルサイユ宮殿は、水を使って池を造り掘割を通じ、噴水や水車のある田舎家を作り、テラスから釣糸を垂れて魚をとる釣殿もあるが、やはりこれは人間の女王様の気まぐれの演出であり、人工の施設であることが露骨であるとする。川のように長い掘割の両側の森は、幾何の図面のように左右均斉で、人間の手が自然を存分に刈り込んで、馴《な》らして了《しま》ったのだと知れると大佛は言う。

西欧の宮殿の庭が人工的、作為的であるのに対して、後水尾院の修学院は庭には余計なものを置かない。建物さえも樹木のふところに隠して配置される。自然そのものを生かすことを考え、人間の作為をできるだけ見せないようにした庭だと説く。そしてこんな空想をするのである。

この山荘が捨てられて荒廃した時の姿を私は空想に描いてみた。その場合もこの大きな庭はハドリアヌス帝のティヴォリの別荘の如くに石の沙漠となり死都となったのとは違っていた。この庭を造った人は、庭石まで斥《しりぞ》けたほど、空と水と樹木の、動く自然に全部を賭《か》けた。……捨てられた期間には、木々は生育を恣《ほしいまま》にしていた。指揮者を失った演奏のようにみだれただけで、死滅はない。月が中空に輝き、雪が降り、花が咲き、霧や雨が訪ねて来る日々が続いた。……

明治になり離宮となって、この庭は復活した。下の茶屋ばかりでなく、離れ島のような中の茶屋も結構の中にはいって来て、修学院の山荘は比類のない規模を誇り得るようになった。……ここは、あくまで閉ざされた庭ではなく、桂にも仙洞御所にも望み得ない大きな空間に向かって君臨している。池をめぐって歩いて、人間によって洗練された自然の風光は、絶えず変化しながら、自分が通って来た山や橋や水を、さまざまに角度を変えて眺めることを教える。

こうして大佛は廃園の幻想から逆に、この庭の生命力とも言うべきものを指ししめす。大佛が冒頭の引用の中で言った重要なフレーズを思い起こそう。まことに「ここの庭だけは、人がいなくとも、水が生きて鼓動を打ち、月や雲や霧や雨が、それから自由な風も訪ねて来て、春夏秋冬、季節それぞれの姿を展開する。枯山水ではない、人を離れても生きている庭」であったのだ。

日本人の自然観と美意識

この締めくくりは、修学院離宮の本質を言っただけではなく、日本人の自然観、美意識の核心を、そして日本文化の根本的な特質をも言い当てていると思われる。自然は人間と対立せず、人間をも包み込むものなのだ。大佛のものの見方は個性がぎらぎらしているといった体のものではない。極めて穏やかで、良識的で、知的である。文章は理のみに走らない。感性が感じられ、芳醇《ほうじゅん》である。エッセイという小品ではあるが、大佛次郎が「（昭和の＝引用者補）知性と良識にもとづいた反俗精神の作家」（河上徹太郎「大佛次郎」〈『現代日本文学大系』第五三巻　解説　昭和四六年　筑摩書房〉）、「〈知識人〉という名にもっとも似合わしい近代日本の生みだしたユニークな文学者」（渡邊一民「大佛次郎讃」〈同上月報〉）と評されることが納得がいくのである。

第一〇章　桂離宮〈美の意匠〉

野上豊一郎　和辻哲郎　井上靖

日本の造形文化の最高峰――どんな美がしまわれているのか――

文豪の一人井上靖は、かつて桂離宮についてこういう文を書いたことがある。「私ばかりでなく、参観者の誰もが、この桂離宮の小さい森に向かって近付いて行く時は、ある心のときめきを覚えるであろう。／……どんなにすばらしい自然の景観の中にはいって行く時でも、こうした心のときめきは覚えない。これは人間が造ったものの場合だけであるようである。つまり、桂離宮は人間が作った一つの芸術作品であり、それがそれにふさわしく大切に仕舞われているのである」（「桂離宮庭園の作者」）――と。

「仕舞われている」――うまい表現である。確かに桂離宮は、建物と庭園の隅々に至るまで、斬新にして繊細な意匠がほどこされ、まさに日本の造形文化の最高のものの一つと目されるのである。如何なる美がどのように「仕舞われている」のであろうか。

その典型を少しだけ挙げてみよう。松琴亭と名づけられている建物の床の間と襖《ふすま》には、白と青の方形の加賀奉書が市松模様に貼《は》られている、あの有名なデザインが見られるが、客を松琴亭に導く飛び石は、床の間と襖の色に響きあうように、青と白の石を使っている。また古書院の前から張り出されている月見台の方角は、中秋の名月の夜の月の出の方角とほぼ一致して作られていると言われる。即ち桂離宮の作者は、特定の方向から昇って来る月を池越しに眺め得るように、池を掘らせ、月見台を作らせたというのである。

二人の学者

こういう〈美〉の「しかけ」の一つに、二人の気鋭の学者が気づいたということがあった。結果的にはあと一ヶ月余で昭和の時代を迎える大正一五年一一月のこと、二人の学者とは英文学者で後には能の研究者でもあった野上豊一郎と、哲学者・文化史家で、ニーチェやキルケゴールなどの研究の他、『古寺巡礼』や後の『風土』などの優れた文化・美術の著作を発表した和辻哲郎であった。

野上はこのとき法政大学教授（当時四三歳）。大分県出身で一高・東京帝大英文科と進み、一高で教えを受けた夏目漱石の門下に入った。西欧芸術の教養の上に立って、新しい能楽研究を体系化したといわれる。後に法政大学学長・総長を務めた。夫人の野上弥生子《やえこ》も漱石に師事した作家である。一方の和辻哲郎（当時三七歳）は、兵庫県出身で一高に首席で入学するほどの秀才であった。東京帝大哲学科に進み、卒業後憧《あこが》れていた漱石門下に入った。後に京大、東大の教授を務め、昭和三〇年には文化勲章を受章している。野上と和辻は年齢で六歳、学年では四年違いだったらしいが、同じ漱石門下であり、和辻も一時法政大で講義をしていたこともあって、このときの桂行きが実現したのであろう。ともに西欧の教養や美意識にも充分に通じた新進の学者であった。

野上がこのときのことを書いた「障子の影」（昭和八年）を読んでみよう。随筆集『草衣集』にあり、「桂離宮」というタイトルの中に「障子の影」「賞花亭」「笑意軒」の三つの小編がある。

古書院の障子の影

桂離宮の書院から庭に面して、折れまがりに小さい三つの部屋が、一ノ間・二ノ間・三ノ間とつづいている。

その一ノ間の障子に、折からの小春の西日があかるくさしていた。

障子は、左右が半間《げん》ずつの板戸に仕切られ、腰板のないのが二枚、つつましやかに、ものしずかに並んで、昼間もほのぐらさのただよっている部屋の中へ無遠慮に押し入ろうとする強烈な日光を、方六尺の白紙で遮《さえぎ》り止めていた。その正方形の窓――それがどうして窓でないと云えよう――の右上から左下へかけて、対角線を引いて、下半分が青黒い蔭になっていた。それは此の部屋につづく隣りの建物の屋根の影であった。また正方形の上部の一辺に接して、此の部屋の廂の瓦の影が、粗い波形を描いて縁《ふち》どっていた。

私たちはその予期しなかった白と黒の幾何学的影像の前に来て、はたと足を留めた。

和辻君は、此の部屋の障子に腰のないのは、此の日影の効果を予想しての小堀遠州の考案ではあるまいか、と云った。私は、そうだね、と云って考えた。

私たちの訪問は大正十五年十一月八日午後三時ごろだった。

その時、私のあたまの中では、秋の日ざしと、冬の日ざしと、春の日ざしと、夏の日ざしのことが比較された。それから午後の太陽の角度と午前の太陽の角度のことが比較された。それから、晴れた日と、曇った日と、雨の日のことが比較された。それから……

併《しか》し、百の弁証の与件も何になろう。現に私たちの目の前には、恐らくいかなる美術家も想像し得ないであろうほどの、独創的な、印象的な、すばらしい図案が、二枚の障子の上に描き出されてあるではないか。そう私は思った。その考案者は小堀遠州であったか。それとも、太陽を動かしている自然であるか。それを、その場合、咄嗟《とっさ》にきめることはできなかった。けれども、私たちの前に一つのすばらしい芸術品があったことだけは事実である。

彼等は今、桂離宮のメインの建物である雁行して連なる書院の、一番東側〈池の方から書

桂離宮古書院「一ノ間」の障子の影

院群を見て最も右手）の古書院の中にいる。（戦前の桂離宮は、皇族・華族・高等官といった人々の拝観のみが認められていて、各国外交官・貴賓や学者などは宮内大臣の許可が必要であった。建物の内部の拝観も許された。今は事前の許可さえあれば、誰でも参観できるが、建物の内部には入れない）。その古書院の「一ノ間」にあって、彼等は西（正確には西南）に面した、「左右が半間ずつの板戸に仕切られ、腰板のないのが二枚、つつましやかに、ものしずかに並んで」いる障子に向かっている。「折からの小春の西日」が障子にさしているが、その「白紙の正方形」の対角線の下半分が「青黒い蔭」となっていると言うのである。また上の辺に接して「粗い波形」の影が映っている。これらは古書院の隣りにある中書院の屋根の影と、この障子の上にある古書院自体の軒の瓦の影であった。

わかりにくいと思われるので、私が近年参観したときのこの古書院西面の障子の写真を掲げることとする。写真を撮ったのは一二月四日午後三時一五分ごろであった。野上のエッセイの「大正十五年十一月八日午後三時」とは太陽の位置と高さが少し違うわけで、エッセイの言う影の位置との小さな違いはそのためである。「右上から左下へかけて、対角線を引いて、下半分が青黒い蔭になっていた」とあって、私の写真とは左右が違うのは、彼等が写真とは反対側の室内からこの障子を見ているからである。

和辻は、この部屋の障子に腰板がなく上から下まで全面に紙が貼られているのは、この「日影の効果を予想しての小堀遠州——当時は桂離宮の作者と目されていた——の考案ではあるまいか」と考える。そのくらいこの白い正方形を対角線で切った日影の図形は、印象的で美しかったのであろう。野上は季節や時間によって違う太陽の高さのことを考えるが、これが作者の意図による効果であれ、自然の運行にもとづく偶然の結果であれ、「私たちの前に一つのすばらしい芸術品があったことだけは事実である」と考える。

さらに野上は引用部分の後に、この書院の池を隔てて前方にある松琴亭の青と白の市松模様のデザインを思い出し、あの大胆不敵な手法をとった作者なら、絶えず動く日光を素材にした、限られた季節と時間のものであっても、この同じように大胆不敵な手法を創出さなかったとは証明できないと述べる。つまり野上もここに桂離宮の〈美〉の「しかけ」を見ることに同意するのである。

本当に〈美〉のための「しかけ」だったのか

だが果たしてそんなことは言えるのであろうか。これは桂離宮の細部にわたる〈美〉のための洗練された優美な「しかけ」や「こだわり」を知っていないと、発想できないし、見つけられない「思いつき」であろう。ただ前述した月見台と月の出の方位角の一致のような、建物や庭園の構造に関わる創意がある以上、この「障子の影」も意図されたものであったかもしれないという気になって来る。ただこの「思いつき」には難がある。それは、障子に屋根の影を映す隣接した中書院が、古書院と同時の建築ではないらしいという点である。また腰板をつけない紙のみの障子は、三つの書院の障子はすべてがそうである。

つまりこの障子は美しい影を映すための「しかけ」ではなく、書院群の外観のための意匠なのである。池の前に三つの書院が鍵の手に折れ曲がって続いている姿は、桂離宮の中で最も美しいものの一つであるが、その美しさは全体のフォルムとともに、連続する小さな白い平面の効果によって形作られている。高床式の床下と古書院だけは鴨居の上にも、連なる柱によって仕切られた方形の白い小壁がある。そして数枚の雨戸を除いては、外回りすべてにびっしりと廻《めぐ》らされた白のみの障子——。和辻たちが見た「腰板をつけない障子」は、日影の効果ではなく、書院の外観の美しさに奉仕するものであった。

このように彼等の「思いつき」は深読みに過ぎたのであるが、ここに見られる探究心と〈発想〉に対する積極的な姿勢は何とも若々しい。そして、はからずも〈美〉の瞬間性と永遠性を二つながら掬《すく》いとっている感がある。

〈美〉の秘密——後年の和辻哲郎——

後年の和辻哲郎には『桂離宮』の著作がある（昭和三三年　中央公論社）。桂離宮の〈美〉

の「しかけ」または「秘密」の一つの例を言う一節を紹介したい。

　池の東北の端、道浜のあたりの渚に立ってこの橋〔天の橋立の反り橋〕を眺めると、この橋の向うにひろびろと広がっている池を越えて、池の西岸に、古書院の池に向った側が見える。その姿がこの石の反り橋と無関係でないことは、一目で解るのである。というのは、その古書院の主要な形として目に入ってくるのは、いろいろな大きさに配分された白い壁や、それを区切りつつ立っている多くの柱を、上から押えている入母屋造の屋根の形なのであるが、その屋根は大きい破風を池の方に向け、その下をゆったりとした軒で受けたものであって、そこに最も目立っている破風の輪郭の大屋根の線や、それを下で受けている軒端の線が、ほかならぬ彎曲線で出来ているのである。……／同じことはこの石の反り橋を松琴亭と共に眺めた時にも感じられる。そてつ山の東、滝口の下あたりで、池越しに松琴亭を眺めると、丁度途中に石の反り橋が見えるのであるが、ここでもその反りが、松琴亭の屋根の反りと同類に見える。……それに比べると、松琴亭の左手に見える白川石の石橋は、実際異質的に感ぜられる。またその意味で著しく目立つのでもある。／……そうなると、桂離宮の第一次造営は、天の橋立の石の反り橋を指標とする前半と、白川石の直線的な橋を指標とする後半とに、区別され得ることになろう。

和辻は池に突き出した天の橋立と呼ばれるあたりから、石の反り橋の向うに、古書院と、反対側の松琴亭の両方を見るのである。和辻は古書院の入母屋造の屋根の反り――破風《はふ》の輪郭と軒端の線――と、石の反り橋の反りとが同じような彎曲《わんきょく》であることに気づく。松琴亭の方も同じであった。これは同じセンス・好みの産物であって、近くの白川石でできている直線的な石橋とは異質なものと言うのである。ここまでの〈読み〉を桂離宮は要求しているということであろうか。和辻は、この石橋の僅《わず》かに彎曲した反りを、何度も手が加わっている桂離宮の造営のある特定の年代を測定する指標としている。〈感覚〉の世界に〈論理〉を導入したということであろうか。

この他にも桂離宮には、和辻の研究とは別に、よく言われる造作や意匠がある。（一）新御殿・楽器の間の襖の桐紋には雲母《うんも》が入っていて、横の小窓からの障子越しの光の変化によって刻々と色が変わる。(二) 笑意軒の肘掛け窓の腰は、市松模様のビロードと金地の布を斜めに貼り付けたモダンなものだが、対照的に隣の部屋の竹縁からは風趣としての農耕の様子が見られる。(三) 月波楼の池に面した窓とその下の植え込みの高さは、部屋の中に坐って船中から水面を見るような高さにしてある。(四) 月波楼や外腰掛けの天井は、自然木や竹をそのままに組み、廻りの庭との連続・繋がりを持たせている、などなど。

この桂離宮の〈美〉の繊細さには日本人も驚くかもしれない。

ブルーノ・タウトと日本人

戦前国内外に桂離宮の名を高からしめたのは、ドイツの世界的建築家ブルーノ・タウトであった。昭和八年五月、ナチスの文化統制を察知してアメリカに逃れる際に来日し、京都御所、伊勢神宮、桂離宮などの日本の伝統的な建築・庭園に触れた。日本文化への関心と憧憬をかねて持っていたタウトであったが、実際に見た感動は大きかった。彼は『ニッポン――ヨーロッパ人の眼で見た――』「永遠なるもの――桂離宮――」などを発表し、大きな反響を呼んだ。中でも彼が特に賞賛したのは桂離宮である。装飾的なものをできるだけ省略した簡素さと、それでいてその中に在る高雅を極めた優美さを讃えた。例えば――これは彼が挙げている最も小さな例だが――室内の襖紙についてそのシンプルにして優雅な模様・色合いを述べた後に「嵌《は》め込まれた襖《ふすま》の引手にしても長押《なげし》に用いた釘隠しの金具でも例えば飽くまで簡素な装いをした麗人が身につけている唯一つの装身具のように優美である」(『タウト全集』第一巻　桂離宮　昭和一七年　育生社弘道閣)と言っている。

このブルーノ・タウトの日本文化論、日本の美学の影響を最も受けたのは、あるいは日本人であったかもしれない。西洋の高名な建築家の言だったことが、日本人にある自信を与え、また戦争に向かう時代のナショナリズムの空気の中で快い刺激となったと思われる。

しかし現代の日本人の中には、繊細さは別として、木や草や土や紙でできている桂離宮を質素で地味過ぎると感じる人がいるようだ。容易になった海外旅行の経験から西欧の王宮や離宮を見たからであろう。彼等は、多くの西欧人がこんな粗末な建造物をタウトが言うように「パルテノンよりもはるかに永遠の美が開顕されている」とは笑止と思うのではないかと懸念する。

だが、〈美〉とは作られた〈物体〉という結果を言う前に、それを目指そうとした〈心〉

のうごき――美へのセンスや美意識――をまず言うものなのである。そのことを嚙みしめ、西欧人にもそう発信すべきであろう。

桂離宮造営の歴史

さて後回しになってしまったが、桂離宮造営の歴史を一わたり見ておこう。桂離宮は京都市西京区桂御園《みその》にある、もと八条宮（後の桂宮）の別荘である。初代八条宮智仁《としひと》親王とその子智忠《としただ》親王の二代によって作られた。元和六年（一六二〇）、このころ宮家の所領となった桂の地に――月の名所として古来名高かった――山荘をつくったのが始まりである。真ん中に池を掘り、廻りに雁行する古書院・中書院・新御殿の三つの書院、各々独立する松琴亭・賞花亭・笑意軒・月波楼などの茶室・茶亭を配し、苑路で結ぶいわゆる池泉回遊式の庭園である。桂宮の断絶の後、明治一六年宮内庁の管轄となり、桂離宮という名称となった。

桂離宮の作者――八条宮智忠親王――

この簡素の中に優美を極めた桂離宮の作者はいったい誰なのか。野上のエッセイに見られるように、戦前は江戸初期の茶人小堀遠州に擬せられていたが、今日では否定されている。桂離宮の基礎的な研究をした研究者の一人森蘊《おさむ》は、彼が徳川幕府の能吏で、幕府を憚《はばか》って皇室や公家の依頼や誘いを意識的に敬遠していたこと、智忠親王の代には江戸詰めの時代と帰洛後の眼病などの時期にあたり、造営工事に参加できるはずがないという理由を挙げている。和辻も「豊臣太閤が小堀遠州に命じて作らせたという伝説」としている。そして「初代八条宮は、創始者として注目されなくはならぬ」という。

では八条宮智仁とはどんな人物だったか。『源氏物語』や『古今集』などの古典に明るく、その日記には庭作りへの関心を示す記事もあるということだが、それだけでは類型的なイメージしか湧かない。和辻の説明を見てみよう。

八条宮は後陽成天皇の弟で、六宮と呼ばれていた。その彼を——当時一〇歳であった——豊臣秀吉が養子として迎えたのである。「この十歳の皇弟の人柄には、秀吉を惚れ込ませるような、よほど優れた点があったと見なくてはならない」と和辻は言う。しかし二年後秀吉の実子鶴松が生まれたためにこの縁組みは解消された。秀吉は三〇〇〇石の知行をつけて八条宮家を創設し、六宮は八条宮智仁親王となった。これを和辻は、この後秀吉の甥《おい》秀次が鶴松の夭折後、養子として関白を継いだが、自殺に追い込まれたことを想起し、「すでに天正一七、八年の頃に八条宮が秀吉から離れられたことは、非常に運のよい出来事であったといえるかも知れない」とする。彼の優れた才能と人柄を証する出来事はこの後も起こった。秀吉の没後、後陽成帝は譲位を申し出て、後嗣に八条宮を推薦したのである。これはこの時の権力者家康の反対で実現しなかった。二度にわたる権力の座が向こうから近づいて来て、遠ざかるという経験は、八条宮に何らかの影響を与えたはずである。それは文化への耽溺に繋がるものではなかったか。

和辻は、大坂の陣で籠城戦死を覚悟した細川幽斎が、自らに伝わる「古今伝授」（古今集に関する秘事口伝を師から弟子に伝えることで、中世以来最高の秘伝とされた）を八条宮に与えようとしたこと（実際は宮を通して天皇に進上するという形をとった）も、八条宮の人柄や文化人としての信望を語るものとする。

また彼の日記の元和六年（一六二〇）六月一八日条に「女御入内。下桂茶屋普請スル。

度々客アリ」とあって、これは桂離宮の造営に関連した最初の記録として有名なものだが、時の後水尾天皇の后となった二代将軍秀忠の娘和子（後の東福門院）の入内当日に、つまり権力者がからむいわば重大な国家行事にではなく、下桂に赴いて「茶屋の普請」に当たっているという八条宮の行動は、非政治的な姿勢――つまり風雅への姿勢――を物語ると考えられる。和辻はこの普請は京に在ったまま指示をしたという解釈もあり得ることを指摘したが、その解釈に従うとしても、「下桂茶屋の普請」への並々ならぬ情熱を否定することはできない。

まさに和辻の言うごとく、「この八条宮が桂離宮の庭園の実際の作家であったとしても別に不思議なことはない」のである。（ここで和辻が「庭園の作家」と言っていることに注目する必要がある。庭園の設計者は八条宮でも、建物とその内部の意匠には、創設時の八条宮の指示の他に、次の智忠親王やこの時代のさまざまな工芸に携わる人々の意匠もあるかもしれない）。

井上靖の庭園作者のイメージ

「桂離宮庭園の作者」について、井上靖は小説家（あるいは詩人）らしく、イメージをふくらませた。昭和四三年のことである。（井上については本書「竜安寺」の章参照）。これを最後に紹介したい。

井上は「小説家の勝手な想像を許して貰えば」とことわって、この庭園の作者は、この庭に「精根を打ち込まずにはいられないほど、世俗的に志を得ていなかったのではないか」と思うと言い、そんなことを思わせるものをこの庭の美しさは持っているとする。そして下文を続ける。

この文章は、桂離宮の美しさとともに、その深淵には人間の孤独と狷介《けんかい》孤高の思いがいわばかげのように暗く存在することを語ってくれる。私が何十年も前に初めて桂離宮を参観したとき、案内の皇宮警察の係官がふと洩らした「（桂離宮は）夜はこわいくらいですよ」ということばが、象徴の色合いを帯びて響いて来るのである。

井上は観月台に上がって洋服の膝を折って坐ってみる。同行人の一人が中秋の満月の上って来る方角を教えてくれた。ここで、井上は中秋の名月に対《む》かいあっているこの庭園の作者の姿を瞼《まぶた》に思い描く。

私には、どうしてもこの庭園が明るいものには思われなかった。月がいかに明るくあろうと、庭は暗く思われた。／……私は自分の瞼に浮かんでいる月光に照らし出された拡がりを、更に大きいものにしてみた。皓々《こうこう》たる月光の降り注いでいる桂川河畔一帯の原野の拡がりが眼に浮かんで来た。そしてその月明の広野の一画に、こんもりした桂離宮の森がある。その森の中には人工の池があり、人工の築山があり、人工の植込みがあり、池中には小さい島があり、ところどころに小さい茶亭が配されている。池に面して一つだけ大きい建物がある。古書院と中書院である。その古書院の観月台に一人の初老の貴人が坐っている。

私にはやはり、観月台の上から見る月の桂離宮の庭園は暗いものに感じられた。桂の里の中で、そこだけが暗いように思われた。月光がさんさんと降る中で、あらゆる人工的なものが、小さい燈籠も、石も、外腰掛も、無数の植込みも、それぞれが半面の陰翳を持っている。そして、それを見入っている人がある。／昼の桂離宮の庭園は明るいが、月の夜は暗い。そして月の夜の庭が、ただ一つこの庭園の作者のどうすることもできぬ己が意図に反したものではなかったか。自然というものを信用せず、それを拒否して、自分だけで美の世界を造り上げようとした非凡な作者が、若し自然に復讐されたことがあったとしたら、それは仲秋の名月の夜ではなかったであろうか。……

一般に日本の名園なるものが外国の高名な庭と較べて違うところは、それが作者のものであるということである。誰のものでもない、作者自身のものなのである。作者は誰のために造ったのでもなく、自分自身のために造ったのである。桂離宮の庭園は、そうしたものの最たるものであろう。私たちは智仁親王のお庭を歩かして貰ったのである。……人は優れた芸術作品に触れたあと、その美しさの解明に参画せずにはいられなくなるものだが、この庭園に対しても、何か言わずにはいられないのである。私も亦そうした一人であった。私はこの小文に綴るに頗《すこぶ》る自由であった。いかなる追従も阿諛《あゆ》も拒まぬ代りに、いかなる批判をも拒まぬこの庭園の作者であると信じていたからである。

「月の桂」という語があるくらい、古来桂の地は月の名所として有名である。そこには当然古典の世界が連想される。しかし井上はこの文章で、時代を問わず存在するに違いない、人間の内面に光を投じた。人間の内なる鬱屈や寂寥やときには狂気に近いものが暗くにぶい光を放つ。それは人間に〈我〉を与え、〈個〉を与えることでもあった。その人間凝視の近代性によって、井上は桂離宮の世界を広げたのである。

主要引用作品・出典・底本一覧

第一部　桜

平安神宮　谷崎潤一郎　「朱雀日記」谷崎潤一郎全集（普及版）第1巻　中央公論社　昭和四七年
『細雪』谷崎潤一郎全集（普及版）第15巻　中央公論社　昭和四八年
川端康成　『古都』川端康成全集第18巻　新潮社　昭和五五年

円山公園　丸谷才一　「桜と御廟」丸谷才一全集第8巻　文藝春秋　平成二六年
九鬼周造　「祇園の枝垂桜」九鬼周造全集第5巻　岩波書店　昭和五六年

常照皇寺　福永武彦　「風景の中の寺」福永武彦全集第15巻　新潮社　昭和六二年
芝木好子　「花の旅」『杏の花』芸術生活社　昭和五二年

第二部　庭①——社寺

下鴨神社　夏目漱石　「京に着ける夕」漱石全集第8巻　岩波書店　昭和四一年
高浜虚子　「京都で会った漱石氏」定本高浜虚子全集第13巻　毎日新聞社　昭和四八年

青蓮院　永井荷風　「十年振　一名京都紀行」荷風全集第15巻　岩波書店　昭和三八年
『西遊日誌抄』荷風全集第19巻　岩波書店　昭和三九年
芥川龍之介　「青蓮院の庭（仮）」芥川龍之介全集第22巻　岩波書店　平成九年

竜安寺　志賀直哉　「竜安寺の庭」志賀直哉全集第5巻　岩波書店　平成一一年
井上　靖　「美しきものとの出会い」井上靖エッセイ全集第4巻　学習研究社　昭和五九年
立原正秋　「日本の庭」立原正秋全集第23巻　角川書店　昭和五九年

第三部　庭②——御所・離宮

紫宸殿南庭　森　鷗外　「盛儀私記」鷗外全集第26巻　岩波書店　昭和四八年

仙洞御所　三島由紀夫　「『仙洞御所』序文」決定版三島由紀夫全集第34巻　新潮社　平成十五年

修学院離宮　大佛次郎　「修学院幻想」『終わらない庭』淡交社　平成十九年

桂離宮　野上豊一郎　「桂離宮」『草衣集』相模書房　昭和十三年
和辻哲郎　『桂離宮』中公文庫　平成三年

井上　靖

「桂離宮庭園の作者」井上靖エッセイ全集第4巻　学習研究社　昭和五十九年

凡例

一、引用部は二字下げにして、地の文と区別した。
二、読みやすくするために、引用部には原典にないものも適宜ルビを施した。その際、ルビは［ ］で囲い、原文のものと区別した。
三、引用部における原文の改行箇所は／で示した。
四、主に引用した本文の底本については、一覧を別掲した。
五、引用時、省略した個所は……で示した。
六、引用文中の一部に、［ ］を用いて引用者による註を補った。
七、引用時、歴史的仮名遣い（旧かな）の一部を現代仮名遣いに改めた。また旧字体の漢字は、全て新字体に改めた。
八、登場人物の年齢は、該当箇所の月が明示されていない場合に限って同年の満年齢とした。

海野泰男（うんの　やすお）

一九三八年、静岡県出身。常葉学園大学元学長。東京大学文学部国語国文学科卒業、同大学院修士課程修了。麻布高校教諭等を経て、一九八四年に常葉学園大学教授。二〇〇二年、学長に就任。同大学名誉教授、常葉学園名誉学長。専門領域は国文学（平安文学）、美術史（西洋絵画）。著書に『エッセイ集　ミラノの雷』（文藝春秋）、『今鏡全釈上・下』（福武書店）（復刻版／パルトス社）、『大鏡上・下』（ほるぷ出版）など。

文豪《ぶんごう》と京《きょう》の「庭《にわ》」「桜《さくら》」

集英社新書〇七六九F

二〇一五年一月二一日　第一刷発行

著者……海野泰男《うんのやすお》

発行者……加藤　潤

発行所……株式会社集英社

東京都千代田区一ツ橋二-五-一〇　郵便番号一〇一-八〇五〇

電話　〇三-三二三〇-六三九一（編集部）

〇三-三二三〇-六〇八〇（読者係）

〇三-三二三〇-六三九三（販売部）書店専用

装幀……原　研哉

印刷所……大日本印刷株式会社　凸版印刷株式会社

製本所……ナショナル製本協同組合

定価はカバーに表示してあります。

ISBN 978-4-08-720769-9 C0295

Printed in Japan

a pilot of wisdom

a pilot of wisdom

集英社新書　好評既刊

「謎」の進学校　麻布の教え
神田憲行　0758-E
独自の教育で「進学校」のイメージを裏切り続ける麻布。その魅力を徹底取材で解明！

国家と秘密　隠される公文書
久保　亨／瀬畑　源　0759-A
第二次大戦後から福島第一原発事故まで。情報を隠蔽し責任を曖昧にする、国家の無責任の体系の原因に迫る。

読書狂《ビブリオマニア》の冒険は終わらない！
三上　延／倉田英之　0760-F
ベストセラー作家にして希代の読書狂である著者ふたりによる、本をネタにしたトークバトルが開幕！

秘密保護法――社会はどう変わるのか
宇都宮健児／堀　敏明／足立昌勝／林　克明　0761-A
強行採決された「秘密保護法」の内実とそれがもたらす影響について、四人の専門家が多様な視点から概説。

騒乱、混乱、波乱！　ありえない中国
小林史憲　0762-B
「拘束21回」を数えるテレビ東京の名物記者が、絶望と崩壊の現場、〝ありえない中国〟を徹底ルポ！

沈みゆく大国　アメリカ
堤　未果　0763-A
「1%の超・富裕層《スーパー・リッチ》」によるアメリカ支配が完成。その最終章は石油、農業、教育、金融に続く「医療《オバマケア》」だ！

なぜか結果を出す人の理由
野村克也　0765-B
同じ努力でもなぜ、結果に差がつくのか？　〝監督〟野村克也が語った、凡人が結果を出すための極意とは。

「おっぱい」は好きなだけ吸うがいい
加島祥造　0766-C
英文学者にしてタオイストの著者が、究極のエナジー・「大自然《タオ》」の源泉を語る。姜尚中氏の解説も掲載。

宇宙を創る実験
村山　斉／編著　0768-G
物理学最先端の知が結集したILC（国際リニアコライダー）。宇宙最大の謎を解く実験の全容に迫る。

放浪の聖画家　ピロスマニ〈ヴィジュアル版〉
はらだたけひで　037-V
ピカソが絶賛し、今も多くの人を魅了するグルジアが生んだ孤高の画家の代表作をオールカラーで完全収録。

既刊情報の詳細は集英社新書のホームページへ
http://shinsho.shueisha.co.jp/

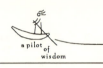